Insolites

Corinne Falbet-Desmoulin

Insolites

Recueil de nouvelles

© **2016** Corinne Falbet-Desmoulin

Éditeur : BoD-Books on Demand,12/14 rond point des Champs Élysées, 75008 Paris, France- Impression : BoD-Books on Demand, Norderstedt, Allemagne
IBSN : 978-2-322-13961-3

Dépôt légal : avril 2017

Passionnée d'écriture, de lecture et de piano, Corinne Falbet-Desmoulin habite à Léognan, une petite ville au milieu des vignes près de Bordeaux. Elle écrit depuis l'enfance (recueil de poèmes, chansons intimistes, album pour enfants, nouvelles, roman).

En 2015, elle décide de participer à des concours de nouvelles. Très vite, ses textes remportent des prix et distinctions littéraires, qui l'encouragent à continuer.

Trois recueils voient alors le jour : *Singulières* édité en 2016, *Insolites* en 2017 et *Atypiques* en 2018.

Quatre nouvelles faisant partie de *Singulières* ont été particulièrement remarquées : *Le fantasme de Lucile* a permis à l'auteure de devenir la lauréate du « Prix Gérard de Nerval de la Nouvelle 2016 » (d'une valeur de mille euros), organisé au Touquet par les Éditions Arthémuse. *La couleur noire de l'amour* a reçu un prix littéraire de La Lampe de Chevet Éditions. *Eva* a été primée par l'Association de Poésie Contemporaine Française. Enfin, *L'amoureuse* a été publiée par l'éditeur Jacques Flament, dans son anthologie sur la folie.

Dans *Insolites*, sept nouvelles sont également à citer : *Chloé*, choisie parmi près de 250 textes, a obtenu le « Prix Écriture d'Azur 2015 ». *Tu m'as apporté le monde,* le Premier Prix du concours Clair de plume 2017, dans le cadre du festival du livre de Sète : Les Automn'halles . *Évasion* a remporté le deuxième prix au concours 2016 de Provence poésie. *L'apparence* a également reçu un deuxième prix dans la revue de poésie Florilège. Les récits *Le tunnel* et *Voyage* ont été édités par Jacques Flament Éditions. Enfin, *Hina et l'empereur* a été publiée dans le recueil de science-fiction « Lauréats anticipation 2018 » des éditions Mondes Futuristes.

Dans *Atypiques*, *Belle et rebelle* a obtenu le « Prix

Denise Boizot 2018 » décerné par l'Association des Paralysés de France. *Infidèle* a reçu le deuxième prix du Salon des Poètes de Lyon 2018 et *Une semaine sans Allan* a été finaliste du Prix des Beffrois.

À mes parents,

À ma cousine Valérie, avec qui je partage le goût des mots depuis l'adolescence...

CHLOÉ

Non, je ne suis pas handicapée. Ni clouée dans un lit. Pourtant, moi qui aime tant l'air doux du printemps, alors que le soleil, du bout de ses rayons, m'appelle à travers les baies vitrées du salon, je ne bouge pas. Bien qu'habituée à de nombreuses balades dans les ruelles de notre village ou de longues flâneries dans la nature, je reste là, immobile, installée sur le fauteuil confortable devant l'ordinateur éteint. Je laisse mes pensées m'emporter. Je rêve. J'attends. Quoi ? Que mon amour rentre après le travail, tout simplement. Mon Laurent chéri.

C'est le moment préféré de mes journées. Celui où toutes mes pensées sont entièrement tournées vers l'homme que j'aime. Où je me sens à la fois heureuse de son retour imminent et secrètement inquiète au cas où il aurait un gros retard. Ce qui est déjà arrivé, mais je ne m'en suis jamais plainte car notre belle relation repose sur une base très claire.

Nous nous sommes rencontrés sur le tard

lui et moi, nous étions libres tous les deux et avons décidé de le rester. Malgré notre amour réciproque, nous n'avons aucun compte à nous rendre. Chacun gère librement son emploi du temps. Parfois, Laurent décide dès le matin de ne pas rentrer pour la nuit. Il m'en parle avant son départ pour le boulot, c'est suffisant. Moi même, il m'arrive de découcher, mais j'avoue que c'est beaucoup plus rare. Je ne suis plus très jeune et un peu casanière il est vrai. C'est ainsi que nous vivons, avec mon homme. Nous nous respectons entièrement. Nous avons bien compris qu'en vérité, chacun n'appartient qu'à soi-même. Seul, le plaisir de vivre ensemble cimente notre lien.

La lumière a commencé à baisser dans la pièce, les ombres des meubles s'étirent sur le vieux carrelage de tomettes rouges. Laurent est bel et bien en retard ce soir ! Soudain, je sursaute. Est-ce la porte d'entrée qui vient de s'ouvrir ? Je n'ai pas entendu le crissement des pneus dans l'allée, ni sur le gravier, le pas léger que je reconnaîtrais entre mille. Pourtant, j'ai l'oreille fine. Mais peut-être m'étais-je un peu assoupie. Ah non, c'est le volet de la chambre qui claque dans le vent ! Laurent n'a encore pas pensé à l'attacher ce matin en partant … Quelle tête en l'air cet homme… Je souris intérieurement. Tendrement.

S'il n'y avait pas ce fichu travail, nous partagerions tellement d'instants heureux lui et moi! Il est si gentil, si attentionné. Il a pour moi des gestes si doux, si délicats... Je gémis doucement. Comme ils sont bons, les moments d'amour avec lui ! Il suffit qu'il me dise :

– Viens !

Il n'a pas besoin de me prier longtemps, je m'allonge avec bonheur tout contre lui. Il me murmure ces mots dont il a le secret, ces mots tendres que les hommes disent aux femmes qu'ils aiment... Il loue le bleu rare de mes yeux, le moelleux de mes rondeurs, la souplesse de mon corps, que j'entretiens chaque jour. Eh oui, je suis coquette... J'aime son regard sur moi dans ces moments-là. Grâce à lui, malgré mon âge, je me sens belle. Lui n'est vraiment pas mal non plus, avec sa grande taille, ses cheveux un peu longs qui frisottent dans le cou, ses mains fines et fermes. Et puis j'adore quand il m'embrasse, me caresse ; je ferme les yeux, c'est bon... Là, me dit-il, là... Ah oui, il me connaît bien, là c'est encore meilleur... Pour lui, je me fais si douce ! Je suis toute à lui. Je lui offre mon ventre. Oh que j'aime ça !... Je le sais, jamais personne ne me donnera autant de plaisir que lui.

La nuit est tout à fait tombée maintenant.

Noire. Épaisse. Enveloppant le jardin d'une chape de silence immobile. C'est bien lui cette fois ! Je me lève d'un bond. Laurent entre à grandes enjambées, jette rageusement sa veste sur le canapé. Une mèche blonde collée sur le front, des éclairs dans ses yeux gris qui ce soir ont pris la couleur de l'orage, il fulmine.

– Excuse- moi ma Chloé, je croyais rentrer plus tôt ! J'en ai vraiment ras le bol de cette société, avec ce rythme de dingues ! Métro boulot dodo, c'est quoi cette vie ? Déjà qu'elle est bien courte la vie, qu'il faut se battre contre la maladie, la souffrance, l'ignorance, la bêtise des hommes, pourquoi faut-il donc qu'on s'en rajoute ? C'est ça le progrès, tu crois ? Dire que je m'étais promis une soirée tranquille, à lire un bon bouquin ! Mais la réunion n'en finissait plus, il est vingt-deux heures Chloé, tu te rends compte ?

Je comprends sa colère. Il faut dire qu'il se donne sans compter dans la boîte où il travaille et n'est pas toujours remercié à sa juste valeur. Je l'accompagne vers le coin cuisine, même si moi, j'ai déjà mangé. Il ouvre le frigo, attrape le reste de hachis parmentier, le fait réchauffer. Une bonne odeur de viande mêlée à la purée de pommes de terre se répand dans la pièce. Je le connais mon Laurent. Il vaut mieux que je me fasse discrète. Inutile de me manifester dans ces moments-là, il n'écouterait même pas le son de ma voix. Et puis je sais bien que ses accès de rage ne durent jamais longtemps. Il essuie délicatement ses lèvres charnues avec sa serviette en papier et se tourne vers moi. Dans ses yeux, brille une pointe d'envie.

– Tu en as de la chance d'être à la retraite ! me dit-il.

C'est vrai, je reconnais être privilégiée. Lui, il vient de fêter ses soixante ans, mais il en a encore pour trois ans à travailler. Je sens dans sa voix chaude et grave pointer la tendresse et l'humour. Ma présence a le don de l'apaiser. Il a fini son repas, il va monter se coucher. Ce soir, je crois que j'irai dormir avec lui.

Mais avant, je vais faire un tour jusqu'au distributeur de nourriture automatique. Car je mange par toutes petites doses. Je crois que c'est normal pour une vieille chatte tigrée.

LE PARFUM DE CLAIRE

Le visage détendu, Claire sourit. Elle porte sa robe favorite, la bleue cobalt en soie qui lui va si bien. Marc enfouit son nez dans le cou de sa femme, respire avec délices son parfum fleuri et fruité à la fois. Il reconnaît tout de suite l'ananas ensoleillé et la fraise sucrée en note de tête, suivies peu après d'une note de cœur subtile, association de rose, jasmin et muguet. Puis il se laisse griser par la note de fond, ambre et musc blanc, qui amène une indéniable touche sensuelle et raffinée.

Il connaît la fragrance par cœur. C'est lui qui a choisi les essences naturelles et les a combinées, afin de créer ce bouquet d'arômes que les clientes s'arrachent encore, après de nombreuses années d'existence. C'est une telle envolée de fraîcheur. De la délicatesse à l'état pur. Un sillage inoubliable. Il s'appelle *Le parfum de Claire*. Marc lui a donné le prénom de son épouse. Sa muse. Et personne ne le porte aussi bien qu'elle.

Le parfumeur a toujours adoré son métier.

Déjà petit, il était un « nez ». Lorsqu'il sentait une odeur, il ne la confondait avec aucune autre et ne l'oubliait plus. Une capacité qui lui semblait ordinaire. Mais il a découvert plus tard avec un grand étonnement, qu'elle était peu commune. Alors, il a décidé d'utiliser ce don. De le fortifier. De faire de son nez son outil de travail au quotidien.

Sa passion s'est complètement épanouie quand il a rencontré Claire. Un petit bout de femme, haut comme trois pommes, avec un carré blond autour du visage. Très vite, elle l'a subjugué par sa gaieté, son énergie. Son regard bleu vert pétillant. Il n'avait jamais vu une telle lumière dans les yeux de quelqu'un.

Pour elle, pour l'amour de sa vie, il a voulu le meilleur, il s'est surpassé. Est-ce vraiment un hasard si elle possède également une peau exceptionnelle ? Marc aime à croire qu'il s'agit d'un signe du destin. Car même aujourd'hui, à soixante-quatre ans, son visage présente peu de rides et ses joues restent douces comme une pêche veloutée. Sur elle, les arômes ne sont jamais dénaturés. Ils gardent une tenue rare. Une seule goutte derrière l'oreille, au creux du décolleté, à l'intérieur du poignet ou bien à la naissance des cheveux suffit. Ce qui permet à Claire de tester les créations uniques de son mari.

Au fil des années, elle l'a inspiré. Il s'est

senti porté, comme un poète. Un musicien. Un sculpteur. Grâce à elle, à sa douce présence, il a sublimé son art, affinant à l'extrême sa sensibilité olfactive, recherchant avec passion des combinaisons inédites. Et toujours des senteurs naturelles. Car pour sa femme, il refuse absolument d'utiliser des essences synthétiques. Il déclare volontiers qu'elle est la plus belle des fleurs, qu'elle doit porter des parfums vrais, purs, qui lui ressemblent. Ainsi, sont nés *Fleur de femme*, *Osmose* et *Harmonie bleue*, la couleur préférée de Claire. Des chefs d'œuvre de la parfumerie.

Évidemment, dans leur vie de couple, il n'y a pas eu que des moments roses. Des teintes nombreuses sont venues colorer leur quotidien. Ils ont connu le rouge incandescent de disputes et de colères parfois spectaculaires, ayant tous deux un caractère fort et réagissant souvent au quart de tour. Le gris des évènements tristes, des chagrins à surmonter. La maladie aussi, qui vient assombrir chaque jour. L'espoir qui vacille, l'ombre amère des doutes. Le gouffre noir de la séparation, qu'il leur est arrivé de vivre une fois, pendant plusieurs mois. Mais entre eux, les sentiments sincères, le dialogue et la compréhension ont toujours triomphé.

Leurs jumeaux ont également permis à Marc de déployer sa créativité. Après leur naissance, il a inventé toute une gamme d'eaux de senteurs pour nourrissons. Sans alcool bien sûr, ne desséchant pas leur peau si fine et délicate.

Puis les bébés ont grandi et il s'est tourné vers les eaux de toilette pour les fillettes et les garçonnets. Il a d'abord cherché un mélange pouvant convenir à Juliette. Une enfant très espiègle et rieuse, exactement comme sa mère. Avec cependant le physique méditerranéen de son père : brune, frisée, à la peau mate. Le jour de ses six ans, Marc lui a offert son cadeau dans une fiole pailletée en forme de poupée. Fragrance gourmande, acidulée, accords de mandarine et de pomme granny sur un cœur de framboise, la douceur de la vanille et du santal enrobant le tout en note de fond. La petite fille a adoré.

À son tour, Hugo a réclamé à grands cris sa composition personnelle. Ému, le parfumeur s'est aussitôt plongé dans le projet. Pour son garçon blond, curieux, intrépide, il a conçu un bouquet tonique, audacieux, à base de cèdre, ambre et cuir. Lorsqu'il lui a tendu le flacon représentant un ballon de football, Hugo n'était pas peu fier !

– C'est mon papa qui a fabriqué mon sent-bon, répétait-il à qui voulait l'entendre, en tendant le cou pour que l'on puisse vérifier combien, en effet, il sentait bon.

Avec enthousiasme, il a commencé alors à

mélanger les odeurs comme son père, écrasant des herbes aromatiques et des pétales de fleurs entre ses doigts. Aussi, à sa demande et tout en le surveillant, Marc l'a-t-il parfois autorisé à jouer un moment avec les essences et les senteurs qu'il utilisait.

Par la suite, se basant sur ces premières réussites, le parfumeur a inventé de nouvelles formules destinées aux petits. Parfums inédits d'une gamme enfantine, ayant rencontré un énorme succès. Enfin, à l'adolescence des jumeaux, il a renouvelé l'expérience : *Rebelle*, *Kiffe Kiffe, Metal Rock* et *MDR* ont alors vu le jour.

Mais la source d'inspiration essentielle dans le parcours professionnel de Marc, a toujours été Claire. Il le sait et elle aussi. Cependant, il éprouve là, maintenant, le besoin impérieux de le lui redire. Alors, il relève la tête et caresse tendrement sa joue si douce.

– Merci, mon amour, de m'avoir toujours soutenu par ta confiance inconditionnelle. Ton infinie patience. Tu m'as encouragé, galvanisé, insufflé la force, l'audace de me donner à fond. Grâce à toi, mes œuvres ont une âme.

En hommage à son épouse, ce matin, il a voulu lui-même la parfumer. Pour la dernière fois. Car tout à l'heure, les hommes en noir viendront fermer le cercueil.

ALEX

Il faisait nuit noire. Une pluie fine et serrée tombait régulièrement, noyant tout le paysage derrière un rideau presque opaque. Pierre s'en félicita. Il se tenait debout sous l'arbre mort, ne cherchant pas à s'abriter. À quoi bon, il était trempé de toute façon. Il devait avoir l'air d'un grand diable maigre et dégingandé, en short et espadrilles, semblant attendre on ne sait quoi sur cette route perdue. Au milieu de nulle part. Ou plus exactement au cœur de la Corrèze, ce qui revenait au même. Pourtant, il avait préféré camoufler sa voiture dans un chemin de terre à cent mètres de là. On ne sait jamais.

Il pensa à Jeanne, sa femme, bien au chaud à la maison. Il avait dû lui mentir, lui dire qu'il venait de retrouver du travail. Qu'il lui fallait entreprendre le voyage jusqu'au siège social où il avait rendez-vous. Il serait absent deux, trois jours tout au plus.

À nouveau, Pierre extirpa la photographie de sa poche. Pas de doute, c'était bien ici. Il reconnaissait parfaitement la grille du château, surmontée de deux lions imposants semblant monter la garde. Sur le cliché, le chêne sous lequel il se trouvait maintenant étendait ses branches, recouvertes de feuilles vert tendre. Mais depuis que la photo avait été prise, la foudre avait mortellement frappé l'arbre.

Pierre retira le cordon de cuir passé autour de son cou. Une grande clef y était suspendue. Bien cachée jusque-là sous le tee-shirt. La serrure était un peu rouillée et il dut s'y reprendre à plusieurs fois avant de déclencher le mécanisme d'ouverture. La lourde grille en fer forgé grinça dans la nuit. Il écouta un moment. Seule, sa respiration un peu haletante parvint à ses oreilles. Qui se risquerait dehors par un temps pareil ? Mais mieux valait être prudent. Au fil des années, il avait acquis une certaine sagesse. Du temps d'Alex, ils étaient jeunes, un peu fous tous les deux. Ça leur avait joué pas mal de tours. Une bouffée de jalousie l'envahit soudain. Alex… Dire qu'il avait eu le temps de s'en payer des plaisirs, lui, le salaud ! Pierre attrapa rageusement la pelle qu'il avait posée à ses pieds et entra dans le parc. Il avait étudié le plan par cœur et savait exactement où diriger ses pas.

Il s'engagea donc dans la grande allée de cèdres. Au bout d'une cinquantaine de mètres, il prit le chemin sur la gauche, qui contournait le château. Au loin, il aperçut vaguement la silhouette massive, mais ne s'attarda pas. Puis il passa devant les deux bancs de bois, comme prévu. Juste après, il devait obliquer à nouveau à gauche et descendre tout droit jusqu'à l'étang en contrebas.

Près de l'eau, Pierre repéra le pont de bois menant sur la petite île. Il s'approcha et se mit aussitôt à jurer entre ses dents. Les planches étaient complètement vermoulues. Impossible de passer par là… Il observa l'étang. À cet endroit, il ne paraissait pas trop profond. Peut-être était-il possible de marcher jusqu'à l'île ? Quitte à être mouillé, un peu plus, un peu moins, ce n'était pas grave… Il se changerait plus tard, dans la voiture où était resté son sac de voyage.

Pierre mit sa pelle sur l'épaule et avança dans l'eau sans voir où il mettait les pieds. Ça sentait la vase et de petites algues s'enroulèrent autour de ses jambes. Soudain, il buta contre une pierre et perdit l'équilibre. Il se retrouva assis parmi les nénuphars, de l'eau jusqu'aux épaules. Heureusement, l'outil ne l'avait pas blessé. Il vit le manche dépasser de la surface de l'étang, à un mètre de lui. Un petit serpent d'eau passa tout près de son visage. Le comique de la situation lui apparut alors, son front se dérida et il fut pris d'un fou rire.

Ça le ramena aussitôt à Alex. Qu'est-ce

qu'ils avaient pu rigoler ensemble ! Il l'avait connu au début de l'adolescence. Un petit gars gentil, farceur, qui avait pas mal de succès avec les filles. Aussi blond que Pierre était brun. Une tignasse un peu longue qui lui tombait dans les yeux. Ils n'auraient jamais dû mal tourner tous les deux. Mais à dix-huit ans, Alex avait brutalement perdu son père. À partir de là, il s'était mis à fréquenter une bande de voyous et y avait entraîné Pierre.

C'est Alex qui avait eu l'idée. À eux deux, ils formaient un duo gagnant. Dans la bande, Pierre était surnommé *Pierrot le magicien*. En effet, il n'avait pas son pareil pour crocheter les portières de voiture et ouvrir les portes d'entrée en un temps record. Quant à Alex, on l'appelait *le renard*. Il n'y avait pas plus malin, plus ingénieux que lui.

Pierre atteignit l'île. Il se hissa sur la berge et s'ébroua comme un jeune chien. Un peu plus loin, un canard dérangé dans son sommeil le regarda d'un œil rond. Il trouva sans peine la cabane. Y pénétra. Compta trois pas vers le centre à partir du seuil. Empoigna sa pelle et se mit à creuser. La terre était compacte. Quinze ans. La boîte se trouvait là depuis quinze ans.

Pierre essuya la sueur coulant à grosses gouttes sur son front. Ses habits lui collaient à la peau. Et dire qu'il était là à cause d'Alex ! Il le maudit une fois de plus.

Leur plus gros coup avait foiré. Malgré une préparation extrêmement soigneuse, braquer la bijouterie était risqué, ils le savaient tous les deux. Alex s'en était sorti, le veinard. Il avait réussi à s'enfuir avec le butin. Mais lui, Pierre... il s'était fait prendre comme un bleu. De toute façon, il n'avait jamais eu de chance. La justice avait rendu son verdict : quinze ans de prison. Quinze ans de galère, enfermé, loin des siens, sans amour. Il avait fini de purger sa peine il y avait tout juste deux mois. Quant à Alex, on ne l'avait jamais retrouvé.

Il se souvint de ce journal télévisé du dix-sept décembre dernier, qu'il avait vu dans sa cellule avec ses codétenus. Le présentateur y avait annoncé le décès de Vitoria da Costa, la célèbre actrice brésilienne. Elle s'était donnée la mort avec son ami, le richissime industriel allemand Robert Braün. Une photo avait alors empli l'écran. Près de la star, un homme brun, aux fines lunettes à monture d'écailles, élégant dans son costume impeccablement blanc. Il souriait avec nonchalance, un cigare au coin de la bouche, entourant d'un bras protecteur les épaules de la comédienne. Derrière eux, un superbe yacht. La scène était inondée de soleil. Malgré les lunettes, la couleur des cheveux et de la petite moustache, Pierre avait reconnu

Alex. Il en était resté sans voix. Et bien que la mort vienne de faucher brutalement son ami, il s'était senti envieux et admiratif.

La pelle heurta le coffret. Frénétique, Pierre le dégagea rapidement. Une boîte en fer blanc toute ordinaire, comme celle où sa grand-mère rangeait les biscuits quand il était enfant. Alex s'était-il moqué de lui ?

C'est la question qu'il se posait depuis que Jeanne, à sa sortie de prison, lui avait remis le petit colis en provenance des États-Unis. Elle lui en avait déjà touché un mot, ce paquet étant arrivé chez eux six mois auparavant. Ça concordait : juste avant le suicide d'Alex. À l'intérieur, se trouvaient la photographie du château, la clef, le plan et une lettre. Un simple feuillet où Alex ne donnait pas de nouvelles, mais expliquait qu'il avait acheté ce domaine en Corrèze. Il y avait caché les bijoux à l'intérieur d'une boîte. Ce qui restait était pour son ami.

Pierre sortit de la cabane. Il ne pleuvait plus. Quelques étoiles scintillaient et le dernier croissant de lune apparaissait entre les nuages. Pierre inspira un grand coup et expira lentement. Puis, les mains tremblantes, il souleva le couvercle. Les diamants étaient là. Parfaits. Énormes. Étincelants à la lueur de l'astre lunaire. Il les compta. Alors, il se sentit soulagé, inexplicablement. Sacré Alex quand-même ! Il lui avait laissé sa part.

L'ÉTRANGER

La lune éclaire la chambre d'un doux rayonnement. Florence est seule et elle rêve. Non, elle ne dort pas. Elle s'abandonne simplement à ce rêve éveillé qu'elle connaît bien et qui apparaît si souvent. Son rêve à elle. Personnel. Intime. Profond. Toujours le même.

Elle marche sur un sentier forestier, un peu sinueux. Elle sait parfaitement où elle va. Vers un endroit qu'elle adore, qui n'appartient qu'à elle. D'un pas sûr, elle foule les feuilles mortes mordorées, illuminées par un rai de lumière. Au bout d'un moment, le chemin débouche près d'un lac ensoleillé, entouré d'une épaisse forêt, au pied d'une montagne. Le paysage est majestueux. Elle le contemple, heureuse. Puis elle s'assoit sur la rive herbeuse, les yeux perdus dans le scintillement de la lumière sur l'eau. Les myriades d'étincelles mouvantes l'émerveillent, lui redonnant une âme d'enfant. Au beau milieu du lac, se trouve une petite île. Malgré la distance, elle y a tout de suite remarqué la barque bleue. Accostée sur une plage de galets.

Elle ferme les paupières, renverse la tête en arrière, goûtant la chaleur bienfaisante du soleil sur la peau de son visage, de son cou, de ses bras nus. Elle se laisse gagner par un bien-être absolu.

Enfin, elle rouvre les yeux. Debout sur la barque, un homme s'approche, ramant vers elle régulièrement. Cependant, Florence ne ressent aucune peur. Aucune appréhension. Bien au contraire, elle se sent habitée par une grande joie. Une certitude profonde s'inscrit en elle, comme parfois les rêves peuvent en apporter. Cet homme est pour elle.

Il est venu sans parole. Sans demande explicite. Mais ils savent tous deux ce qui va se passer. Protégé des regards par les arbres serrés, le lac représente le cadre idéal. Paisible. Secret. La jeune femme a peut-être appelé l'homme en silence. Elle a tant besoin de sa tendresse, de son contact. Un besoin impérieux qu'il a dû entendre. Dépassant la raison, les convenances.

Il est très jeune, à peine vingt ans. Il hisse facilement la barque sur la berge, puis vient vers elle. Il la regarde tendrement, dénoue les cheveux châtains retenus par un ruban bleu. Caresse d'un doigt délicat le visage imparfait de Florence. Puis il enfouit son nez dans la

longue chevelure, tandis qu'elle tient avec douceur sa tête, l'accompagnant dans son exploration. Elle se félicite d'avoir utilisé le parfum au jasmin qu'elle aime tant. L'homme la contemple, avec une sorte d'adoration, sans voir qu'en réalité, elle n'est pas très belle. Avec délices, elle plonge ses yeux dans le regard foncé qui lui sourit. Elle dit, en se désignant :
– Florence.

Il répète son prénom avec un accent étranger, chantant. Italien sûrement. Il y a beaucoup d'Italiens sur ce versant des Alpes. La famille de son père à elle est d'ailleurs originaire de ce pays.

Elle voudrait lui demander s'il s'appelle Giuseppe, comme son grand-père. Mais elle n'en a pas le temps. Déjà, les doigts agiles dégrafent les boutons nacrés de son chemisier, trouvent le soutien gorge, qu'ils relèvent d'un geste précis, dévoilant l'opulente poitrine. Florence commence à gémir en sentant sur le bout de ses seins la langue tiède de l'homme. Puis, elle réalise que les mains descendent le long de son ventre, se dirigeant sans ambiguïté vers son sexe, qui commence à perler comme une source. Elle est infiniment troublée. Elle a les yeux tournés vers les cimes enneigées au bord de l'Italie.

Alors, brutalement, le rêve se termine là.

Cruel. Inachevé. La laissant avec son désir prêt à exploser, qu'elle n'a jamais su apaiser elle-même. Pourquoi ce dénouement ? La rêverie, elle peut la comprendre. Son mari et elle se sont séparés deux années auparavant et il n'y a pas eu de nouvel homme dans sa vie. Elle le sait, elle est en manque. Mais pourquoi donc ne s'autorise-t-elle pas à prolonger ce moment érotique ? À le savourer simplement jusqu'au bout ? Pourquoi stoppe-t-elle ainsi le plaisir, à l'instant même où elle commence à en ressentir les prémices ?

Malgré la frustration évidente, elle ne peut s'empêcher de vouloir se rendre encore et encore au bord de ce petit lac de montagne. Afin de replonger dans les sensations exquises du désir bien sûr, mais aussi s'imprégner à nouveau de la sérénité totale qu'elle ressent en attendant l'étranger, en sachant qu'il va venir, qu'elle va pouvoir le rencontrer. Intimement. C'est presque un soulagement, la résolution inconsciente d'elle ne sait quel fantasme. Qui la comble.

Chaque fois que le rêve prend possession de son esprit, un immense espoir saisit Florence. Et si cette fois, il l'amenait plus loin ? Elle en a tellement envie. Aussi, avant de s'autoriser à retourner auprès de son lac intérieur, a-t-elle essayé différentes méthodes : visionner un film porno, mais déçue, elle a dû abandonner au bout de dix minutes. Lire le début d'un livre érotique à succès, vanté par le libraire. Utiliser un vibromasseur soi-disant ultra performant, tout nouveau sur le marché des sex toys… Mais rien n'a fonctionné. Les images s'arrêtent toujours soudainement, au moment même où les doigts fins de l'étranger vont pénétrer son intimité.

Cette fois, elle a eu l'idée de se détendre complètement, en ayant recours à la technique de la sophrologie, qu'elle a peaufinée au cours d'un stage récent. Mais à nouveau, le rêve s'est arrêté avant l'instant fatidique. Pourtant, elle se sent si bien dans ce lieu préservé, magique, avec cet homme brun aux yeux rieurs. Il n'est pas vraiment beau, mais il a du charme, du charisme. Il est grand, fort et sa présence la sécurise merveilleusement. Elle ne comprend pas. Ne voit pas pourquoi elle ne peut atteindre ce plaisir simple qui lui manque tant.

C'est son frère aîné Olivier qui lui fournit involontairement la réponse au cours d'un week-end en Sologne. Leur père est décédé dans un accident trois ans auparavant et leur mère vient de partir à son tour, après une longue maladie. Ils ont décidé de vider la maison familiale de Blois tous les deux. Ce n'est pas gai. Mais il fallait bien le faire à un moment donné. En fin d'après-midi, ils ont bien avancé dans le tri des affaires à donner ou à se partager.

– Viens voir Florence ! crie soudain Olivier depuis le salon.

Il lui montre un vieil album, dont ils ne se souviennent ni l'un ni l'autre, enfoui sous une pile de livres. Ils feuillettent ensemble les premières pages, où apparaît leur père Enzo, enfant et adolescent. Une photo de groupe retient leur attention, sur laquelle deux visages sont soigneusement entourés. Au-dessous, deux prénoms et une date : Enzo et Giacomo, août 1962.

– Juste avant que papa arrive en France, dit Olivier. Là, c'est Jacques Battista, notre bon médecin de famille. Lui aussi a immigré et a été naturalisé. Jacques, c'est le prénom français qui correspond à Giacomo. Tu savais qu'il venait du même village que papa ?

Sur le vieux cliché, le sourire du jeune homme brun est éclatant. Le sang de Florence ne fait qu'un tour. Ses joues s'empourprent et se mettent à brûler. Elle vient de reconnaître son bel étranger, son Italien aux yeux de braise et aux mains de velours.

TOC TOC TOC TOC TOC

Elle attend. Qu'attend-elle en vérité ? Elle ne le sait pas très bien. Peut-être que son mari finisse par changer d'attitude. Peut-être a-t-elle encore cet espoir-là. Michel n'est pas méchant, loin de là. Il ne s'absente jamais de la maison le soir ou le week-end, comme le font parfois les époux infidèles. Au contraire, il est bien là. Il s'affale sur le canapé du salon devant la télé. Il parle souvent avec elle aussi, de tout et de rien. Alors, de quoi se plaint-elle ? Elle n'est pas à plaindre. Sauf que, ce tout et ce rien, elle le sent bien, cela ne correspond pas vraiment à ce qu'elle souhaiterait. Elle rêve d'un véritable échange. Plus profond. Plus intime. Oui, le grand corps de Michel se trouve auprès d'elle, mais son esprit voyage souvent ailleurs. Et pas avec sa femme.

Il lui manque l'amour. Elle le sait. Elle n'a pas eu d'enfant, qui aurait pu combler son attente. Elle aurait bien aimé une fille, qu'ils auraient appelée Léa. Avec de grands yeux verts comme ceux de Michel et une longue chevelure châtain clair, comme la sienne. Elle aurait pris plaisir à la brosser, la coiffer. Peut-être même certains soirs, aurait-elle mis à Léa des bigoudis en mousse, pour qu'elle puisse dormir avec et avoir de belles boucles le lendemain. Elle lui aurait aussi acheté les robes délicieuses que pendant des années, elle a contemplées dans les magasins. On fait de si jolies toilettes de nos jours, pour les petites filles. Mais malheureusement, la vie n'a pas voulu cela.

Elle se sent vide. Alors, elle écrit. Elle invente des histoires où ses héroïnes vivent la vie qu'elle-même aurait désirée. Parfois, elles lui ressemblent. Elles ne s'en sortent pas, comme elle. Ou bien elles y parviennent, parce qu'elles ont une force de caractère qu'elle ne possède pas. Elles partent. Elles quittent ce mari avec qui plus rien ne se passe. Même pas les rapports physiques. Depuis bien longtemps, Michel ne la touche plus, elle en a l'habitude. Elle se dit que peut-être, ce n'est pas plus mal, car avec lui, elle n'a jamais vraiment décollé et à la fin, cela devenait une obligation sans intérêt. Heureusement, il l'a compris lui aussi. C'est sans doute d'ailleurs la seule chose qu'il ait vraiment compris d'elle. Ils vivent côte à côte depuis tant d'années et pourtant, il ne la connaît pas. Il n'imagine pas sa sensibilité à fleur de peau, ses espoirs, sa souffrance. Il croit que tout va bien. Ils ne parlent jamais de ses états d'âme à elle, ni des siens à lui. Tout cela ne se disait pas dans leurs familles, lorsqu'ils étaient enfants. Alors, ils se taisent. Elle écrit sur un grand cahier et il lit des ouvrages historiques, bien calé au fond de son fauteuil. Mais elle sent bien que peu à peu, elle se lasse de tout cela. Elle en a marre. Plus que marre. Alors, elle a commencé à boire. Pas beaucoup, mais un tout petit peu quand-même. Un whisky le soir par-ci par-là. Ça l'aide.

La seule personne qui soit au courant, c'est Caroline. Et encore, elle ne lui dit pas tout. Son amie lui a conseillé d'aller consulter un psychiatre. De se faire aider. Autrement qu'en noyant sa tristesse dans l'alcool. Bien sûr, Caro a raison. Mais pour ça, il faut du courage et elle n'en possède pas tant que ça.

C'est lundi. Comme le vieux couple qu'ils sont, Michel et elle effectuent leurs courses alimentaires toujours le même jour de la semaine. Une sortie hebdomadaire leur suffit. À eux deux, ils n'ont pas de gros besoins. Le samedi, il y a vraiment trop de monde dans les magasins, le dimanche les commerces sont fermés dans leur petite ville. Alors, ils ont opté pour le lundi après-midi.

Elle se lave soigneusement les mains une dernière fois et sort de la maison. Elle tourne la clé dans la serrure, se dirige vers la ZX garée dans l'allée. Elle sait qu'elle va devoir revenir sur ses pas et vérifier que la porte est bien fermée à clé. Au début, cela ne lui arrivait que de temps en temps. Maintenant, elle le fait systématiquement. Toujours cinq fois. Elle ne comprend pas bien pourquoi elle éprouve le besoin d'effectuer cinq fois certaines tâches quotidiennes. Cinq fois se laver les mains à la suite avec une solution hydro alcoolique, cinq fois mettre les stylos en ordre sur son bureau, cinq fois vérifier que le téléphone a bien été reposé sur son socle, avant de se coucher. Pourtant, elle n'a jamais été quelqu'un de superstitieux. Le problème, c'est que tout cela lui prend un temps incroyable.

Michel va encore l'attendre en maugréant dans la voiture. Il dit qu'elle devient folle. Heureusement, elle ne le croit pas. Peut-être va-t-elle quand-même prendre un rendez-vous, mais pas avec un psychiatre, car ce mot lui fait peur. Il flirte de trop près avec les grands dérangés de l'esprit.

Un après-midi, elle se retrouve elle ne sait comment devant le numéro 9 de la rue Orbe. Devant la plaque où sont inscrits, sur une plaque dorée, les simples mots : *Marie Duval, psychologue.* Un psychologue, ce n'est pas un médecin, ça lui fait moins peur. Elle ne prend pas le temps de réfléchir davantage. Il ne vaut mieux pas. Elle pousse la porte vitrée de la résidence et suit les indications : *Psychologue 1er étage à droite.*

C'est le meilleur conseil qu'on lui ait jamais donné. Marie Duval ressemble à une femme ordinaire, petite, avec des cheveux blonds un peu frisés et des yeux bleus derrière la monture fine de ses lunettes. Mais derrière ce physique banal, se cache une capacité extraordinaire. Celle de savoir écouter.

Elle n'en revient pas encore. Jamais on ne l'a écoutée comme ça. Alors, les mots qui au début restaient un peu coincés dans sa gorge, ont commencé à venir, de l'intérieur d'elle-même. Ils arrivent en paquets et elle les laisse s'exprimer, sans les ordonner. Pas les mots qu'elle utilise pour les héros de ses histoires, non, les siens à elle, qui racontent sa propre vie. Parfois, ils la surprennent elle-même et en même temps, elle en éprouve un incroyable apaisement. Bizarrement, elle a peu évoqué son problème de rituels à accomplir cinq fois. Marie Duval lui a expliqué qu'il s'agissait d'un trouble anxieux appelé *Trouble Obsessionnel Compulsif,* ou plus simplement TOC. Mais elle a tant à dire et le flot de ses paroles remplit si vite les séances. Elle repart à chaque fois un peu plus allégée.

Elle se félicite d'avoir choisi une femme, aux pieds de laquelle déposer son fardeau. Avec un homme, cela aurait été certainement plus difficile. Elle se dit que Marie Duval, en tant que telle, peut mieux la comprendre.

Peu à peu, sa vie a commencé à changer. Comme si les paroles, tout en sortant d'elle, libéraient une place pour autre chose. Pourtant, il y a quelque temps encore, il lui semblait qu'il n'y avait rien de valable dans sa vie. Aux yeux de Michel, elle se sentait transparente, comme s'il regardait à travers elle sans la voir. Maintenant, elle existe. Elle reprend confiance, grâce à ce nouveau regard porté sur elle avec bienveillance.

Guidée par les questions subtiles de la psychologue, elle s'est mise à parler de ce goût pour les animaux, qu'elle possède depuis toute petite. Elle explique que sa profession ne lui a pas déplu, ce n'était pas si mal la comptabilité, mais ce qu'elle aurait vraiment aimé faire, c'est s'occuper d'animaux. Les soigner, les câliner, comme quand enfant, elle trouvait un oiseau blessé ou un chat errant.

– ET POURQUOI PAS ? a simplement dit Marie Duval.

Elle en est restée éberluée.

– Comment ça, pourquoi pas ?

– Pour quelle raison ne pourriez-vous pas réaliser ce rêve, MAINTENANT ?

– Mais… je suis à la retraite !

La psychologue a planté son regard clair dans le sien :

– Peut-être en tant que bénévole, dans une association qui accueille des animaux ?

Elle n'en a jamais eu l'idée. Mais après tout, en y réfléchissant bien… Par contre, son TOC risque de ne pas passer inaperçu si elle se met à œuvrer avec d'autres. Elle s'y voit déjà : cinq fois nettoyer la gamelle d'un chien, cinq fois vérifier s'il a des puces, cinq fois lui donner une caresse. Elle est un peu inquiète et aborde le sujet avec Marie Duval. Mais celle-ci n'a pas l'air si affolée que ça.

– Je sais que vous vous montrerez discrète et je suis sûre que cela ne se remarquera pas. Je parierais même que votre trouble risque de moins se manifester là-bas.

Ce en quoi la psychologue a parfaitement raison.

Désormais, elle ne tourne plus en rond des heures durant, en se demandant à quoi servent toutes ces journées aux côtés d'un homme qui ne la voit pas. Elle ne pense presque plus à attraper un verre dans le placard et se servir un whisky sec. Elle s'est engagée auprès d'un refuge animalier, à dix minutes de chez elle.

Elle se sent enfin utile. Dans son entourage, elle récupère des couvertures, couettes, plaids, serviettes et draps usagés pour protéger les animaux du froid l'hiver prochain, ainsi que des laisses, colliers et gamelles encore en bon état. Tous les matins, elle se lève en sachant qu'elle va pouvoir améliorer le quotidien d'un ou même plusieurs êtres sur cette Terre. De vrais êtres en chair et en os, et non plus des personnages uniquement créés par sa plume. Elle sait que les chiens et les chats du refuge l'attendent. Il n'est pas question de leur faire faux bond.

Maintenant, chaque soir, elle rentre fatiguée mais heureuse. D'autant plus que l'équipe est chaleureuse et elle commence à s'y faire des amis. Et puis elle y a rencontré Jean-François. Un homme veuf, de quelques années de moins qu'elle, salarié du refuge. Gentil, compréhensif et qui adore les animaux dont il s'occupe. Elle se retrouve souvent à boire un thé avec lui, pendant la pause de l'après-midi. À chaque fois, en sa présence, elle se sent bien. Vivante. Et l'autre jour, devant la machine à café, il lui a pris la main. Elle sait que si elle le désire, la relation peut aller plus loin.

Elle est consciente qu'elle va quitter Michel, même si cela peut paraître un peu ridicule, à leur âge. Elle a réalisé que c'était son désir depuis longtemps au fond d'elle et enfin, elle en a trouvé la force. Un autre homme est là, dans sa vie, devant lequel elle existe vraiment. Son TOC a presque disparu.

D'ailleurs, pendant sa dernière séance avec Marie Duval, elle en a brusquement compris l'origine et en est restée stupéfaite.

– Depuis quand vivez-vous avec Michel ? a demandé la psychologue de sa voix douce.

Elle a calculé rapidement.

– Cela va faire trente-cinq ans, au mois de mai.

Brusquement, sa voix s'est arrêtée et ses yeux se sont arrondis de surprise.

– Nous nous sommes mariés le cinq mai 1955.

ÉVASION

Jamais je n'aurais imaginé devoir renoncer à mon rêve, en étant aussi près du but.

Après tous ces efforts, ces ruses, ces plans savamment travaillés. Et cet espoir fou. Je réfléchis très vite. J'ai si intensément voulu vivre libre ! Prendre un jour mon destin en mains, décider seul de mes actes ! Bien sûr, j'ai demandé à Léola de fuir avec moi. Mais malgré son amour pour moi, après avoir longtemps hésité, elle a fini par refuser. Elle a trop peur des représailles si on se fait prendre. Elle est si fragile ma Léola. Toute jeune encore, avec ses yeux pervenche pleins de lumière, sa taille si fine que j'aime entourer de mon bras. Elle n'a que seize ans. Cependant, en moi, l'appel de la liberté était trop violent pour que je puisse y résister. Alors je suis parti. Seul. La vraie vie est là, maintenant, devant mes yeux. Il suffit de quelques coudées de plus et je me fonds dans la foule. On ne me retrouvera jamais.

Pourtant, mes pas refusent de me porter

plus loin. Non, ce n'est pas possible. Je ne peux pas abandonner Léola. Je réalise à cet instant que mon amour pour elle est plus fort que tout. Plus fort que la chance inouïe qui m'est enfin donnée.

Mon nom est Galaad. J'ai vingt ans. Des muscles puissants entraînés par le sport, une longue chevelure claire retenue par un cordon. Le Maître dit que je suis un jeune homme bien bâti. Je ne sais pas, je ne me suis jamais vu. Mon frère Gwenaël, lui c'est certain, est un beau gars. Le Maître lui destine Léola, il l'a annoncé plusieurs fois. Quelle épouvantable erreur ! Léola et moi, nous nous aimons. Gwenaël préfère les garçons. Mais que peut en savoir le Maître ? Il ne nous demande jamais notre avis.

Depuis longtemps, je rêvais de m'évader. Le Grand Alchimiste, qui connaît tant de secrets, l'a déjà fait. Une seule fois. Il a été repris presque aussitôt. Depuis, il est claustré dans une vieille tour désaffectée. Il est interdit de lui rendre visite.

Pendant de longs mois, j'ai patienté. J'ai amené aux gardiens de la tour les meilleurs morceaux de mes repas. J'ai sympathisé avec eux. Ils ont fini par me laisser franchir la porte secrète qui se confond avec la muraille.

De sa voix feutrée, le vieil homme à la

longue robe blanche couturée d'or m'a mis en garde :

– Tu sais que le Maître va tout mettre en œuvre pour te retrouver. Tu risques très gros. Moi, il me garde car il a encore besoin de mes services. Mais dans ton cas, c'est différent. Il te fera tout simplement disparaître.

J'ai affirmé au Grand Alchimiste que j'étais prêt à prendre le risque. Alors il m'a appris la formule magique. J'ai redescendu l'escalier en colimaçon dans un état de grande euphorie.

Il n'y a pas de temps à perdre. Je reviens dans la taverne. Ouf ! Le Maître est toujours là, devant son omelette aux herbes pas encore terminée et sa chope de bière. Il a posé sa veste de laine sur le siège près de lui, ainsi que son livre resté ouvert. Une jeune serveuse en longue jupe bleue et corset de satin blanc s'est arrêtée à sa table et elle rit. Je connais la chanson. Le point faible du Maître, ce sont les femmes ! Depuis quelques semaines, il déploie sa science pour courtiser la jolie brune. Je savais bien qu'ici, il ne prêterait pas attention à moi. C'est pourquoi j'ai choisi ce lieu pour m'enfuir.

Très vite, je récite à l'envers la formule que m'a confiée le Grand Alchimiste et je me retrouve à nouveau prisonnier. Me voilà donc revenu au point de départ. Au nom de mon amour pour Léola. Le Maître termine son repas. Je sais qu'il va rester encore un moment, histoire de décrocher un rendez-vous avec la serveuse. Heureusement, il ne s'est aperçu de rien.

Je tiens ma mie dans mes bras. Tendrement. Elle a dénoué ses longues tresses blondes pour moi. Elle sait que j'aime sentir ses cheveux fins sous mes doigts. Je les respire, ils ont la même odeur que les fleurs sauvages. Elle lève la tête vers moi avec confiance. Ma Léola. Ma courageuse. Nous chuchotons dans l'obscurité de la pièce principale. Seul un rayon de lune filtre doucement à travers une fissure dans le volet. Le Maître est profondément endormi dans son fauteuil.
— Tu es sûre ? Tu as bien réfléchi ?
— Oui Galaad. J'ai vraiment cru devenir folle quand tu es parti sans moi. Je ne veux plus jamais revivre ça ! Et puis IL a dit que le mariage entre Gwenaël et moi est imminent. J'en mourrai Galaad, c'est toi que j'aime...

Une grosse larme roule sur sa joue. Je l'aperçois dans la faible lumière et je la cueille entre mes lèvres.
— D'accord ma douce, nous allons partir ensemble. Le plus tôt sera le mieux.

Comment envisager une minute qu'elle épouse mon frère ? Car si nous restons, c'est forcément ce qui va se passer ! Je serre les poings, submergé par la rage. Nous sommes tous impuissants contre le Maître. Il n'imagine même pas que nous puissions vivre en dehors de lui. Il ignore que nous nous rencontrons et échangeons des secrets sur l'autre vie, celle qui existe pour lui mais pas pour nous.

Il faut toujours saisir la première chance qui se présente car il n'y en aura peut-être pas d'autre. C'est ce que mon père m'a appris et je l'ai bien retenu.

Ce matin dès mon réveil, j'ai su que ce serait pour aujourd'hui. Le Maître prépare de grosses malles, il part en voyage et bien sûr, il nous emmène. Aussitôt, j'ai averti Léola et je lui ai appris les mots magiques.

Le trajet a duré longtemps. Autour de nous, un paysage auquel je ne suis pas habitué. Aucune rue animée, plus de voix criardes, d'habits colorés. Ici, on entend le bruit du vent dans les branches, on respire un air vif et pur qui fait un peu tourner la tête.

Nous nous trouvons dans le parc d'une grande auberge. Des bancs en bois sont disposés ça et là, pour les clients désirant se détendre en admirant le panorama. Celui-ci est si beau que j'en ai le souffle coupé. Je n'avais encore jamais approché les montagnes. Elles se dressent devant nous, grandioses. Les sommets sont enneigés. Léola ouvre des yeux émerveillés. Mais je ne dois pas me laisser distraire. Ce n'est vraiment pas le moment ! Je regarde attentivement autour de nous. Un grand lac scintillant en contrebas. Une forêt de sapins sur notre gauche. Sombre et profonde, elle retient mon attention. Cent mètres à peine nous séparent des premiers arbres.

J'arrache Léola à sa contemplation. Si tout fonctionne comme je l'espère, elle pourra bientôt admirer la Nature sans danger. Autant qu'elle le voudra. Je lui explique mon plan. Le vieil Alchimiste, malgré ses connaissances, n'a pas été assez rapide et vigilant. Nous, nous sommes jeunes, nous avons de bonnes jambes. Et puis nous possédons un gros avantage : quatre yeux et quatre oreilles…

Pour l'instant, le Maître discute avec une jolie femme, non loin de nous. Léola et moi, nos doigts joints si fort qu'ils en deviennent blancs, nous prions avec ferveur. Pourvu que la dernière condition soit remplie ! C'est à ce prix seulement que notre évasion sera enfin possible.

Le Maître a pris la femme par le bras. Ils s'éloignent tranquillement tous deux sur le petit chemin en direction du lac. Avant de nous réjouir, nous attendons qu'ils aient disparu de notre vue. Merveilleux ! Le livre manuscrit est resté ouvert sur un banc. C'est là ce que nous souhaitions si fort. Si le Maître l'avait mis dans sa poche, nous n'aurions pas pu fuir.

Léola et moi prononçons en même temps la formule. Je la prends par la main, nous nous mettons à courir vers la forêt. Le Maître ne s'apercevra pas tout de suite de notre disparition. Lorsqu'il nous recherchera, nous aurons déjà pas mal d'avance. Nous, les personnages de son roman médiéval.

LA COLLECTIONNEUSE

À quatre ans, Laure avait déjà commencé ses collections. Rémigeophile, elle ramassait toutes les plumes d'oiseaux qu'elle trouvait. En promenade dans les bois, sur la plage, dans le poulailler de notre grand-mère. Un jour, la brave femme l'avait surprise, tenant sous le bras une volaille piaillante tout apeurée. Laure tentait vainement de lui arracher une belle plume rousse.

Un peu plus grande, elle était devenue fubilanomiste, avec une collection de boutons impressionnante, de tailles, formes, matières et couleurs différentes. Elle allait même jusqu'à en découdre certains de ses propres vêtements. À des endroits bien stratégiques, espérant que notre mère ne s'en apercevrait pas.

La manie des collections ne l'avait jamais quittée. Tour à tour cassanuxiphile avec une centaine de casse-noix, digitabuphiliste avec d'extravagants dés à coudre peints, gravés ou ciselés dont l'un avait appartenu à une actrice célèbre, pipomane sans avoir jamais fumé la pipe. Avec ses engouements étranges, Laure ne cessait d'étonner son entourage.

Quant à moi, sa sœur aînée, j'avais depuis longtemps percé son secret. Laure commençait une nouvelle collection à chaque moment difficile de sa vie.

Lorsque notre père était mort, elle venait de fêter ses onze ans. Elle avait viré arctophile, économisant le moindre sou pour s'entourer d'ours en peluche. Elle les rachetait à ses copines et petits ou grands, doux ou râpeux, en bon état ou complètement élimés, ils avaient envahi sa chambre. À la maison, un homme nous manquait horriblement, elle s'entourait de douceur et de tendresse, en repeuplant son univers à sa façon,

Quand son premier petit ami l'avait quittée, elle avait rempli son appartement de toutes sortes de masques : africains, vénitiens, rituels, de théâtre, loups de velours ou de satin parfois agrémentés de fines dentelles... Était-ce afin de mieux dissimuler son chagrin ?

Sa collection de lunettes anciennes avait vu le jour au moment où elle s'était retrouvée au chômage. L'aidait-elle à apercevoir la direction qu'allait prendre son avenir ?

Depuis quelques mois, elle recherchait des cerfs-volants. Dans le pré en contrebas de sa maison, elle faisait voler les jours de vent des papillons magnifiques, des dragons fabuleux, des oiseaux pittoresques ou des raies mantas à la queue interminable. Plus ou moins grands, plus ou moins légers, les dirigeant grâce à un ou plusieurs fils. Elle permettait aux enfants du voisinage de venir s'entraîner et j'avais assisté une fois à un ballet inédit rayonnant de mille couleurs.

J'avais deviné la raison de cette nouvelle passion. Sa fille Manon était sur le point de passer son bac. Nul doute, elle serait reçue, c'était une élève particulièrement brillante. À la rentrée de septembre, elle avait prévu d'entamer des études de graphiste. Son choix s'était porté sur une école renommée à Paris. Elle allait donc quitter la petite maison de ses parents dans le Lot et Garonne. Commencer à vivre loin d'eux, en devenant indépendante. Autonome. Et Laure ne se sentait pas prête.

Un soir ensoleillé de juin, j'étais passée la voir après mon travail. Ma sœur avait préparé du thé au jasmin. Mon préféré. Nous nous étions installées toutes les deux sous le parasol de la table du jardin. Ce dernier était situé à l'arrière de la maison et donnait sur le pré. C'est là, devant nos deux tasses de porcelaine fumantes, le regard sur les hautes herbes où s'épanouissaient les tâches vives des fleurs printanières, que Laure m'ouvrit son cœur.

– Karine, me dit-elle, je crois que je n'ai pas vu Manon grandir.

J'entendis le désarroi affleurer dans sa voix et lui répondis par une boutade.

– C'est normal, tu la côtoies tous les jours. Mais moi qui ne la vois que de temps en temps, je peux t'assurer qu'elle ne suce plus son pouce !

Laure sourit. Mais la tristesse voilait ses beaux yeux noirs.

– Je sais bien que je n'ai pas le droit de la retenir, pourtant j'aurais tellement aimé qu'elle reste encore un peu. Et puis, Paris c'est loin, tu te rends compte ? Elle aurait pu décider d'aller à Bordeaux, elle serait au moins rentrée le week-end !

Je lui répondis gentiment, y mettant autant de douceur que je le pouvais.

– Je comprends, mais elle a choisi une des meilleures écoles. Elle se prépare un bel avenir, tu peux être fière d'elle !

Je pris une de ses mains entre les miennes.

– Et puis Manon reviendra aux petites vacances, va. Avec son sac de linge sale, que tu continueras à laver et repasser !

Elle but lentement une gorgée de thé et soupira.

– Bernard ne comprend pas que je sois aussi malheureuse. Il dit qu'il faut bien qu'elle fasse sa vie, que le syndrome Tanguy, très peu pour lui !

Elle eut un petit rire bref qui ressemblait à un sanglot. Regarda ses ongles manucurés sans les voir.

– C'est mon seul enfant, tu comprends Karine ! Le temps est passé si vite, comment est-ce possible ?

Je ne savais pas trop quoi répondre à ma sœur. Qu'aurais-je fait à sa place ? Je n'avais pas été mère. Si j'avais comme elle élevé une fille, aurais-je bien vécu son départ ? Aurais-je su m'y préparer ? Sans compter que Laure ne travaillait plus, ayant été placée en retraite pour invalidité quelques années auparavant. Bernard son mari, en avait encore pour trois ans avant de pouvoir arrêter son travail de couvreur. Elle allait donc se retrouver bien seule.

Ma sœur releva son visage fin et me fixa intensément.

– Tu veux savoir pourquoi je me suis prise de passion pour les cerfs-volants ?

Je retins mon souffle. Pour la première fois, elle allait me confier l'explication d'une de ses collections.

– Tu vois, un cerf-volant, ça s'envole, comme va bientôt le faire Manon. Ça monte à la conquête d'un nouvel espace. Mais je peux en tenir la ficelle et finalement, lorsque je le désire, le ramener à moi.

De lourdes larmes, naissant de ses prunelles sombres, se mirent à couler, roulant sans retenue sur ses joues. Courageusement, elle les essuya d'un revers de main. Alors, entre l'eau d'un sanglot et le soleil d'un timide sourire, elle me dit ces mots d'humour arc-en-ciel :

– En fait, j'ai hésité entre cerfs-volants et boomerangs. C'est pas si mal, un boomerang. Il peut partir loin, mais il te revient toujours. Par contre, la technique est plus difficile, j'ai eu peur de moins bien la maîtriser. Douée comme je suis, je risquais au retour de me le prendre en pleine figure !

Je compris combien j'avais sous-estimé l'angoisse de Laure. L'année scolaire qui s'annonçait allait être vraiment difficile pour elle. Il me faudrait la soutenir de mon mieux. Je me levai, allai vers elle en lui tendant les bras. Elle repoussa sa chaise, se mit debout et tremblante, recommença à pleurer pendant que je la serrais fort contre ma poitrine. Alors, comme lorsque nous étions encore nous-mêmes des enfants, je me mis à la bercer doucement, et lui murmurai à l'oreille :

– Pleure petite Laure, ça te fera du bien. Et n'oublie jamais que je serai toujours ta grande sœur et que tu peux compter sur moi.

À la rentrée scolaire, ma nièce intégra en

effet l'école parisienne, qui avait accepté sa candidature. Malgré la présence attentive de Bernard et le réconfort que je tentai de lui amener, ma sœur eut beaucoup de mal à accepter la situation. Sa fille unique lui manquait terriblement. Elle n'y réussit que l'année suivante, voyant la jeune fille heureuse dans ses études et ayant décidé de s'investir à son tour dans une activité qui lui plairait.

La première fois qu'elle me parla de sa résolution, j'en fus ravie. Enfin, ce que je lui répétais depuis longtemps avait trouvé un écho en elle.

– Devine ce que je vais faire ? me demanda-t-elle d'une voix enjouée.

– Ne me dis pas que tu vas commencer une nouvelle collection ? lui répondis-je en riant.

Cependant, à part ce goût immodéré que je lui connaissais, je ne voyais vraiment pas quelle autre orientation elle pouvait choisir.

– Mieux que ça, m'annonça-t-elle alors. Je vais monter une association pour organiser des salons de collectionneurs. Tu te rends compte, être entourée de dingues comme moi, qui viennent exposer leurs trouvailles ?

Partager sa passion avec d'autres était la meilleure idée que Laure pouvait trouver. Aujourd'hui, elle orchestre avec talent et enthousiasme des salons reconnus, véritables palais de la collection. Exposants et visiteurs y viennent de toute la France et d'Europe, pour vendre et échanger leurs objets rares.

UNE RENCONTRE IMPROBABLE

C'était une belle bête. Sa fourrure ambrée avait pris des reflets d'incendie au soleil couchant. Les yeux de Martin s'arrondirent de surprise.

Comme tous les soirs après le repas, le vieux paysan était venu s'asseoir sur le banc de pierre devant la maison. Depuis quelque temps, il aimait s'attarder plus longtemps, parfois même bien après la plongée de l'astre flamboyant derrière les collines. Il rêvait, les yeux levés vers les lumières scintillantes qui trouaient la nuit noire. Imaginant des mondes inaccessibles et mystérieux, se les racontant à voix basse. Il devenait poète avec l'âge.

Médusé, il fixa l'animal pénétrant dans le potager. Une belle bête oui, de quinze livres au moins. La queue bien touffue, le pelage dense, luisant, d'un mâle en pleine santé. Ah pour sûr, il mangeait à sa faim celui-là ! Cinq poules pondeuses en moins de deux semaines, volées au poulailler de la veuve Peyrat, qui habitait à deux cents mètres de là, dans la petite maison près du pont. C'est dire ! Le diable roux n'avait laissé derrière lui qu'un grand trou sous le grillage et, à chaque passage, quelques touffes de poils arrachés.

Le renard ne se pressait pas. Le vent du Sud ne soufflait pas dans la bonne direction pour lui apporter l'odeur de l'homme. Évidemment, il se dirigeait droit vers le poulailler de Martin, d'une démarche souple et silencieuse, les oreilles frémissantes.

Le paysan se leva d'un coup. La bête tourna vivement la tête vers lui et, saisie, s'arrêta sur place. Ils étaient aussi étonnés l'un que l'autre. Le regard doré de l'animal rencontra celui de Martin, d'un bleu très pâle dans son visage ridé comme une pomme blette. Ils restèrent là un long moment, immobiles, le souffle suspendu. L'homme vieillissant et le splendide canidé fauve. Le vieux chasseur et le croqueur de volailles. Ce fut cet instant magique, hors du temps, qui décida de tout.

En temps ordinaire, Martin se serait hâté vers la cuisine pour décrocher le fusil de chasse suspendu au-dessus de la cheminée. Les goupils sont nuisibles, c'était connu dans sa campagne. Lui-même d'ailleurs, participait régulièrement aux battues, sans compter que la veuve Peyrat n'aurait pas demandé mieux que de voir son voleur, gisant sans vie dans la brouette du voisin.

Au lieu de ça, le chasseur s'avança très lentement vers le renard, à petits pas glissés. Plissant les yeux à cause de la lumière qui embrasait le ciel de larges et violentes traînées orangées. Le beau mâle ne bougeait pas.

Arrivé à trois mètres de lui, Martin eut l'envie soudaine de plonger ses doigts dans l'épaisse fourrure cuivrée. Elle dégageait une odeur puissante, sauvage, de sueur et d'herbes mêlées. Le poil avait l'air si soyeux. Mais la bête, craintive, les muscles bandés, était prête à déguerpir.

Alors l'homme s'arrêta et se mit à fredonner doucement. Une musique venue d'on ne sait où, lente, envoûtante. Le renard écoutait, le cou tendu, l'échine frissonnante. Le temps s'était figé, seule l'étrange mélodie sortant des lèvres gercées de Martin emplissait le silence.

Lorsque le paysan se mit à bouger ses grands bras, l'animal fit un bond de côté et partit en galopant vers le pré.

Au beau milieu de son potager, à la nuit tombante, un vieil homme dansait, improvisant une chorégraphie maladroite, avec des gestes étonnamment délicats pour un rustre terrien comme lui. Dans un mouvement ample, il déroulait ses bras vers le ciel, les écartait sur le côté comme une offrande, tournait ainsi sur lui-même, puis se courbait humblement vers la terre et reprenait inlassablement les mêmes postures. C'était comme un rituel sacré. Une prière instinctive. Une louange spontanée à la vie.

– Mais qu'est-ce que tu fais ? demanda Madeleine, apparue sur le pas de la porte.

Martin ne répondit pas. Le buste légèrement plié, il reprenait sa respiration, qui sifflait un peu. Montant vers l'orée du bois, il distinguait une tâche rousse bondissante dans les hautes herbes jaunies du pré. Lorsqu'elle atteignit le couvert des arbres, le paysan se retourna vers sa femme.

– Ch'ais pas, dit-il. Un coup de folie qui m'a pris, comme ça.

Ses yeux clairs riaient malgré lui. Madeleine haussa les épaules et rentra dans la maison.

UN LOURD SECRET

– Je ne suis pas celui que vous pensez.

Les mots sont sortis tout seuls, malgré moi. C'est à cause du regard si confiant de Clara. À cause de l'espoir qu'elle a mis en moi, sans savoir.

C'est la femme de Yannick, mon meilleur ami. Il y a quelques semaines, il m'a appris qu'elle souffrait de douleurs violentes dans le dos et qu'elle devait subir une série d'examens. Et puis, nous n'en avons plus reparlé.

Assise en face de moi, derrière mon bureau, Clara me considère avec stupéfaction.

– Qu'est-ce que tu veux dire par là ?

Je ne réponds pas. Je feins d'examiner à nouveau les clichés de l'IRM, de faire comme si je n'avais pas prononcé ces paroles. Je suis furieux contre moi : ne pouvais-je pas tout simplement me taire !

Mais Clara me regarde avec insistance. Elle attend une explication. Au bout d'un moment, elle rompt le silence :

– Et comment crois-tu que nous te voyons,

Yannick et moi ?

– Comme un chirurgien compétent, entre les mains duquel tu veux te remettre et un ami de longue date, par-dessus le marché.

– Ce que tu n'es pas ?

Son regard est incisif. Bien sûr, elle cherche à comprendre. Je n'aime pas du tout la tournure que prend la conversation ; je ne veux surtout pas que ça dérape.

Je lui réponds avec un sourire :

– Mais oui je suis votre ami, tu le sais bien.

J'aime beaucoup Clara. De plus, c'est une très jolie femme, avec sa silhouette fine, ses longues jambes, ses cheveux courts de vraie blonde… Si elle n'avait pas été mariée avec Yannick, je l'aurais volontiers courtisée. Mais je ne suis pas le genre d'homme à entrer dans ce jeu-là. Pour moi, les amis, c'est sacré.

Je me racle la gorge, je respire un bon coup et je me lance :

– Je suis vraiment désolé de ne pas pouvoir répondre à ton attente, mais je ne pratiquerai pas cette intervention. Tu devras trouver quelqu'un d'autre.

Elle s'est levée brusquement et maintenant, elle crie de sa voix un peu rauque :

– Mais pourquoi Florian ? Pourquoi ? Tu es un excellent chirurgien, merde ! On a une entière confiance en toi, avec Yannick !

Je prends ma tête entre mes mains, je ferme

les yeux. Je ne veux plus rien entendre, plus rien savoir. Surtout pas ce que j'essaie de fuir depuis tant d'années. En moi, c'est la panique ; je me sens sombrer. Le passé me rattrape, que j'avais réussi à oublier. La scène est là, devant mes yeux.

Lorsque j'ouvre à nouveau les paupières, je vois que Clara s'est rassise. Elle semble plus calme, mais ses yeux clairs m'interrogent. Je rassemble toutes mes forces et je me lance. Je m'entends parler avec une voix étrange, rapide, étouffée :

– Écoute, vous avez décidé de vous adresser à moi, ton mari et toi. C'est flatteur pour moi. Mais tu sais que c'est une intervention très rare. J'ai opéré une seule fois une femme dans le même cas que toi, il y a pas mal d'années. Normalement, tout aurait dû bien se passer. Ça n'a pas été le cas : ma patiente est décédée. C'était quelqu'un de proche. Voilà.

Je transpire à grosses gouttes. Mon visage doit être décomposé. Clara est elle-même devenue toute pâle.

– Excuse-moi Florian, je ne savais pas. Je comprends, ça a dû être une terrible épreuve pour toi ! Mais tu sais mieux que moi que toute opération comporte un risque, tu ne dois pas te culpabiliser ni remettre en cause tes qualités professionnelles...

Elle continue de parler, mais je n'entends plus. Ne pas culpabiliser. Combien de fois ai-je entendu ce beau discours, adressé aux médecins quand la vie d'un homme ou d'une femme leur glisse entre les doigts! À part que là, c'était différent. Clara n'est pas au courant de tout.

Au bout d'un moment, je m'aperçois que le silence est retombé. Je renouvelle mes excuses et je la raccompagne au secrétariat comme un somnambule.

De retour dans mon bureau, je m'affale lourdement dans mon fauteuil. Clara et Yannick pensent me connaître ; pourtant ils se trompent.

Il y a vingt-deux ans, j'ai fui la Belgique où je vivais. J'ai recommencé une nouvelle vie, retrouvé un nouveau poste, rencontré de nouveaux amis. Lorsque je suis arrivé à l'hôpital d'Angers, j'ai vite sympathisé avec Yannick, qui dirige le service d'ophtalmologie. Un homme agréable, intègre, plein d'humour. Un soir, il m'a présenté sa femme ; nous nous sommes tout de suite bien entendus. Que de soirées mémorables nous avons passées tous les trois ! Notre amitié a traversé les années. Sincère. Sans artifice.

Mais ils ignorent l'essentiel : moi, Florian Monnier, cinquante-quatre ans, chirurgien orthopédique à l'hôpital d'Angers, je suis un assassin.

Les souvenirs remontent, comme si tous mes efforts pour oublier n'avaient servi à rien. Alix. C'était ma petite amie du moment. Elle était vraiment belle : de grands yeux noisette, des cheveux bruns longs et bouclés, une bouche sensuelle, des hanches troublantes, une démarche souple de danseuse. Elle aimait les jolies toilettes et se maquillait à la perfection. Au début, j'étais très fier de sortir avec elle. Je n'étais pas trop mal non plus, en ce temps-là : grand, mince et musclé grâce à la pratique intensive de la natation. Toujours élégant dans des vêtements choisis avec soin. Alix et moi, nous formions incontestablement un beau couple. Elle était folle amoureuse de moi. Je pensais l'aimer moi aussi.

Nous nous accordions parfaitement au lit (ou ailleurs, Alix étant assez dévergondée, ce qui n'était pas pour me déplaire). J'avais tout le temps envie d'elle et elle ne se faisait pas prier. J'adorais caresser longuement sa peau d'un grain incroyablement fin, laisser mes lèvres sèches de désir parcourir fébrilement ses jolis seins, son ventre plat. De son côté, elle savait très bien jouer de son corps excitant, avec un talent que peu de femmes dans ma vie ont su égaler. Moments torrides, qu'aujourd'hui je retrouve, intacts.

Cependant pour moi, le sexe n'a jamais représenté l'essentiel dans une relation. À l'époque, je me suis rendu compte que mis à part cela, nous ne partagions rien. Absolument rien. J'étais de nature réfléchie, j'aimais analyser, refaire le monde avec mes amis ; elle parlait toujours de choses futiles et sans grand intérêt pour moi. Elle aimait briller, plaire, alors que j'aspirais plutôt au calme. Alix était en somme une fille superficielle.

Finalement, j'avais pris la décision de la quitter, quand elle a commencé à avoir mal au dos. Bien entendu, elle m'en a parlé. Je lui ai donc demandé de faire des examens, et j'ai vite diagnostiqué une spondylodiscite, c'est à dire une lésion infectieuse d'une vertèbre et du disque intervertébral. Je lui ai alors prescrit un traitement antibiotique. Malheureusement, la maladie s'est révélée totalement résistante aux médicaments. Par la suite, d'autres examens ont mis en évidence une grosse complication neurologique, pour laquelle la chirurgie s'avère nécessaire de façon exceptionnelle. Alix a été l'exception. Elle a voulu que ce soit moi qui l'opère. J'étais un jeune chirurgien talentueux et plein d'orgueil. J'ai accepté de pratiquer l'intervention.

J'ai compris peu de temps après pourquoi je

n'avais pas pu sauver Alix, la ranimer lorsque son cœur s'est arrêté subitement, sans que rien ne le laisse prévoir. Inconsciemment, sa mort m'arrangeait. Elle évitait la rupture, forcément douloureuse, que je n'avais pas eu encore le courage de lui annoncer. C'est certain, je voulais qu'elle disparaisse de ma vie.

Aussi, bien que mes collègues m'aient affirmé qu'ils n'auraient pas fait mieux que moi, ai-je toujours pensé qu'avec l'un d'eux, elle s'en serait sortie. Je suis persuadé que je l'ai tout simplement fait disparaître.

HINA ET L'EMPEREUR

Le printemps austral amenait des parfums de fleurs jusque dans la cour intérieure du fort, lorsqu'on put lire, sur le panneau où étaient affichées les informations quotidiennes, cette étrange communication :
DU 1er NOVEMBRE AU 31 DÉCEMBRE 3026 :
GRAND CONCOURS LITTÉRAIRE DE CONTES POUR ENFANTS-
LA MEILLEURE HISTOIRE SERA CHOISIE PAR UN JURY PRÉSIDÉ PAR L'EMPEREUR LUI-MÊME-
LE GAGNANT SERA GRACIÉ-
Les premiers détenus prenant connaissance de l'annonce se regardèrent, interloqués. C'était quoi, cette farce douteuse? D'accord, le fort abritait uniquement des prisonniers politiques, plutôt jeunes et érudits. Mais aucun n'était écrivain, pour la bonne raison que ce métier n'existait plus depuis bien longtemps. Alors pourquoi Manahau 1er voulait-il récompenser un auteur de contes pour enfants? Ce n'était

pas sérieux ! Sans compter qu'écrire ce genre de choses, c'était tellement... obsolète ! En tout cas, du jamais vu !

On commenta la drôle de publication pendant toute la première journée. Car malgré sa bizarrerie, elle comportait un attrait certain. Il était extrêmement rare que l'Empereur accorde une grâce. Et qui, parmi les captifs, n'aurait aimé commencer la nouvelle année avec la liberté retrouvée ?

Le soir, certains osèrent s'approcher de la table près de l'affiche, où s'amoncelaient un tas de feuilles blanches et des stylos de différentes couleurs.

Manahau 1er était un vieil homme à la peau du visage ridée, tannée par le soleil et le vent de Polynésie. Ses cheveux blancs encore épais en faisaient ressortir la couleur mordorée. Comme la plupart des personnes âgées de grande taille, son dos avait adopté une posture un peu voûtée.

Depuis l'année précédente, il ne gérait plus les affaires du Territoire Austral. Le Premier Intendant et son nouveau gouvernement s'en chargeaient. Son rôle à lui était simplement d'apparaître aux fenêtres du Palais impérial lors de certaines occasions. Malgré son âge, il restait lucide : il déclinait de plus en plus et le jour était proche, sans aucun doute, où le

Premier Intendant le ferait éliminer afin de prendre officiellement le pouvoir.

En tant que dictateur, il avait eu ses heures de gloire. Mais si autour de lui, on l'avait craint, on ne l'avait certainement pas aimé. De la tendresse, seules son épouse et sa fille lui en avaient dispensé, il y avait tant d'années de cela... Dans son grand palais, il se retrouvait terriblement seul.

L'Empereur avait l'habitude d'effectuer de longues promenades quotidiennes dans les jardins du palais. C'était son seul plaisir. À cette époque de l'année, la roseraie était magnifique. Aussi, chaque après-midi, le vieil homme se rendait-il parmi les centaines de variétés de roses anciennes ou inédites qui s'épanouissaient là. Il reposait de temps en temps ses jambes fatiguées, en s'asseyant sur l'un des bancs de bois bordant les massifs triangulaires. Il passait un temps inimaginable à admirer, humer, s'extasier devant les rosiers, compositions savantes d'un blanc translucide, d'un rose délicat, d'un jaune lumineux ou d'un rouge velouté. Maintenant, il s'y rendait même dès son déjeuner avalé. Car depuis le début du mois, il avait un doux secret.

Par une journée ensoleillée à la température clémente, il avait aperçu au loin une petite fille assise sur le sol, jouant devant la porte de sa maisonnette. Les jardiniers logeant tous sur place, plusieurs constructions en bois exotique s'alignaient en bordure d'une des grilles du parc. L'enfant pouvait avoir dans les trois ou quatre ans. Dès qu'elle avait aperçu le vieil homme, elle s'était levée et était allée vers lui en courant aussi vite que ses petites jambes le lui permettaient. Médusé, Manahau 1er avait attendu. Arrivée près de lui, elle lui avait pris la main, avait levé vers lui deux yeux noirs tout ronds pétillants de gaieté et lui avait demandé d'une voix très claire :

– Dis, tu voudrais bien me raconter une histoire ?

Manahau 1er n'avait pas l'habitude qu'on s'adresse à lui aussi spontanément, sans les codes d'usage. Depuis le début de son règne, chacun se prosternait devant lui. Il n'avait pas davantage l'habitude des enfants. Autrefois, il avait eu lui aussi une fille. Mais cela faisait si longtemps. Teora et sa mère Moana étaient mortes toutes les deux, dans l'épouvantable épidémie de cancérite ayant ravagé l'Empire en 2988. Après cela, dévasté par la douleur, le souverain s'était voué corps et âme à la gestion des territoires impériaux et il avait organisé de nombreuses guerres contre ses ennemis. Seule, à la belle saison, sa roseraie lui procurait une sorte d'apaisement qu'il ne s'expliquait pas.

Face à cette petite fille, il avait senti son cœur s'entrouvrir doucement et s'emplir d'une tendresse inattendue, à l'endroit même de cette ancienne blessure jamais refermée.

– Comment t'appelles-tu ? avait-il demandé à l'enfant.

– Hina.

Dans le petit visage encadré de cheveux bruns si fins qu'ils voletaient au moindre souffle de vent tropical, les yeux ronds brillaient d'intelligence vive.

D'ordinaire, le vieux Polynésien faisait en sorte de ne pas froisser sa longue robe de soie bleue un peu fanée lorsqu'il s'asseyait. Cette fois, il n'y avait prêté aucune attention, tant il était absorbé par la fillette déjà installée sur le banc. Alors, il avait parlé longuement de Teora et de Moana, laissant les images oubliées revenir au seuil de sa conscience. Il revoyait nettement Teora, avec son sourire malicieux, ses longues tresses d'ébène piquetées de fleurs de jasmin. Il ressentait presque physiquement la présence de Moana, si belle dans sa robe d'apparat brodée de perles fines de Tahiti. Il pouvait entendre le bruit délicieux des fins bracelets de corail et de nacre des îles, qui s'entrechoquaient le long de ses bras dorés, lorsque les soirs de réception, elle s'avançait d'une démarche souple vers les invités.

Cela avait fait un bien fou à l'Empereur

d'évoquer cette époque, de sentir à nouveau des ondes d'amour inonder son vieux cœur endurci. La petite fille, très attentive, l'écoutait en suçant son pouce. Quand il s'était levé pour partir, elle l'avait retenu par la manche.

– Tu reviens quand ?

Amusé, Manahau 1er s'était entendu lui répondre :

– Demain, petite Hina.

Le soir-même, il avait ordonné à ses serviteurs de retrouver les quelques livres qui devaient encore se trouver dans le Palais impérial. Mais ils n'en avaient ramené qu'une vingtaine et seuls deux ou trois convenaient à une enfant de cet âge.

Alors, l'Empereur avait réfléchi toute la soirée. Il savait que dans le vieux fort de Tanami étaient regroupés tous les étudiants opposés au régime et que des actions violentes de rébellion s'y déroulaient fréquemment. Bien sûr, une vraie prison aurait été plus adaptée. Mais on n'avait pas le choix : elles étaient toutes pleines à craquer. Il avait bien fallu parquer les jeunes révolutionnaires quelque part. Ces étudiants étaient intelligents, savants, certains même brillants. Les mettre à l'écriture, ne serait-ce pas les transporter dans un monde imaginaire qui pourrait d'une part les calmer un peu, et par la même occasion, lui fournir à lui des histoires inédites à raconter à Hina ?

Une fois les deux premiers ouvrages lus à l'enfant, qui fidèle au rendez-vous quotidien, se montrait d'une curiosité surprenante pour son âge, le vieil homme se mit à attendre les premiers écrits avec fébrilité. Il adorait les moments passés avec Hina. Elle l'attendrissait, lui amenait une fraîcheur, un renouveau que dans sa grande vieillesse il n'attendait plus. Il s'étonnait même d'entendre sa propre voix tout à fait différente quand il s'adressait à l'enfant ; elle avait retrouvé des accents de douceur dont il ne la croyait plus capable.

Il dut patienter encore une semaine avant de recevoir le premier conte. Les jours suivants, quelques autres arrivèrent et à la fin novembre, ce fut un véritable déferlement. Les espoirs du vieil homme étaient amplement récompensés : des dizaines de récits lui parvenaient chaque jour.

Assis dans un fauteuil défraîchi devant l'une des fenêtres afin de mieux y voir, Manahau 1er passait ses matinées à lire les contes avec application. De temps en temps, il secouait la tête, soupirait, reposait celui qu'il tenait dans la main. Car plus le temps passait, plus il était déçu. Il fallait se rendre à l'évidence : les jeunes d'aujourd'hui ne savaient plus écrire. La plupart des histoires qu'il recevait étaient maladroites, pauvres, certaines très mal écrites et d'autres carrément illisibles. Quelques-unes cependant sortaient du lot, qu'il s'empressait d'apprendre par cœur afin de les raconter à la petite fille. Car à choisir, il préférait parler plutôt que lire : ainsi, il pouvait voir toutes les émotions se succéder sur le visage si expressif de l'enfant.

Un matin, il se présenta très tôt devant la petite maison en bois où elle habitait. C'était la première fois qu'il venait en personne toquer à la porte de l'un de ses jardiniers. Une jeune femme aux traits fins et à la silhouette élancée lui ouvrit. En apercevant son souverain, elle demeura une seconde ébahie, puis elle s'inclina jusqu'au sol, en signe de très grand respect. L'Empereur lui toucha légèrement le bras, afin qu'elle se relève.

– Vous êtes bien la mère d'Hina ? demanda-t-il avec simplicité.

Avant qu'elle ait pu répondre, la petite fille apparut, poussa un cri de joie et courut se loger contre la robe de soie.

– Votre mari est-il là ? poursuivit Manahau 1er avec un sourire bienveillant. Je désirerais m'entretenir avec vous deux.

Quelques jours plus tard, Nino, Vaiana et Hina s'installaient dans l'un des appartements vacants du Palais impérial. Bien qu'un peu méfiant, comme tous ici envers l'Empereur, le jeune couple avait accepté la proposition qui lui était faite. Évidemment, un passé de dictateur ne s'efface pas par un sourire, mais le projet du souverain était tout aussi unique qu'inattendu. Certainement la chance de leur vie. Contre leur simple présence à tous les trois dans cette immense demeure vide, il offrait un logement un peu vieillot, mais très spacieux et nettement plus confortable que leur maisonnette. De plus, Vaiana devenait sa dame de compagnie et Nino était nommé Premier Jardinier de la roseraie. Quant à Hina, le vieil homme s'engageait à lui offrir de solides études, lorsqu'elle en aurait atteint l'âge dans quelques années.

De jour en jour, Manahau 1er se félicitait de sa décision, charmé par cette famille et surtout par Hina, dont le prénom signifiait « arrière-petite-fille ». *Quelle coïncidence*, pensait-il. *Si Teora avait survécu, elle serait probablement grand-mère à présent. Et sa petite-fille aurait à peu près l'âge d'Hina.*

Maintenant le matin, à peine réveillé, il se prenait à sourire. Peu à peu, ses forces vives revenaient. *Le Premier Intendant devra attendre un peu plus longtemps que prévu*, se répétait-il intérieurement, ravi.

Chaque après-midi, il continuait à raconter à l'enfant l'une des histoires qu'il avait mises de côté. Hina buvait ses paroles. Vaiana avait expliqué au souverain que Nino et son frère connaissaient des tas de légendes tahitiennes, qu'ils racontaient souvent en famille. Cela expliquait le goût prononcé de la petite fille pour les histoires emplies de dieux turbulents, de sorciers redoutables, ainsi que de guerriers tatoués.

Un jour, au milieu d'un conte fantastique sur fond de cocotiers et lagons bleus, elle se mit à rire aux éclats et à battre des mains avec enthousiasme. C'était un beau récit, sensible et amusant, bien adapté aux petits, écrit par un jeune homme.

Le soir-même, l'Empereur alla chercher dans son ancien bureau le sceau impérial, puis il l'apposa avec soin au bas de la dernière page.

Parmi les prisonniers du fort de Tanami, aucun ne se douta que le jury de l'étonnant concours comptait uniquement deux membres. Et le jeune auteur ne sut jamais qu'il devait sa liberté à la joie d'une toute petite fille, ayant su conquérir le cœur d'un vieux despote de presque quatre-vingts ans.

LE TUNNEL

Il a été si difficile ce chemin, si long ce tunnel à traverser dans une totale obscurité avant d'apercevoir le plus petit rayon de lumière. Les médecins ne le lui ont pas dit ouvertement, mais Pauline a compris l'issue de sa maladie. Elle sait qu'elle n'a pas beaucoup de chances de s'en tirer. Alors, elle a joué son va-tout. Elle n'a plus rien à perdre. Tony lui a ouvert la voie en lui offrant ce livre dont il lui rebat les oreilles depuis plusieurs mois.

Au début, la jeune femme n'y a pas cru. Il n'y a pas plus rationnel qu'elle. Ses études de mathématiques le prouvent. Ce n'est pas pour rien qu'elle est devenue ingénieure dans une grande entreprise d'informatique. Aussi, cette méthode que vante Tony lui a paru bien simpliste au premier abord. Elle lui a dit que d'après elle, l'engouement pour la méditation constitue surtout une mode. Que la chimio représente scientifiquement le seul traitement approprié à son cas. Cependant, malgré ses doutes, elle a accepté de se laisser guider par la voix douce sur le CD d'exercices contenu dans l'ouvrage.

Peu à peu, la vie de Pauline a commencé à changer. En plus de la méditation qu'elle pratique chaque jour, elle s'est d'abord offert de tout petits moments. Rien qu'à elle. Ouvrant les fenêtres de son appartement, laissant venir jusqu'à sa conscience les chants d'oiseaux qu'elle ne prend plus le temps d'écouter, le bruit du vent dans les feuilles des peupliers, qui ressemble à la pluie. Goûtant le soleil sur le transat du balcon sans se mettre à culpabiliser. Caressant son chat davantage que quelques secondes, tout en écoutant son doux ronron et observant son bonheur confiant. Partant seule marcher dans la Nature. Prenant un bain rempli de mousse odorante ou de pétales de roses, sans le minuter. Et un apaisement inattendu est venu la surprendre au cœur de sa maladie. Il lui a paru évident que le bonheur se cache dans ces petits instants tout simples. Dans ce temps ralenti, où l'on s'autorise à contempler ce qui est là, à ressentir pleinement. Un proverbe zen est revenu subitement à sa mémoire : *Ce n'est pas en tirant sur l'herbe que tu la feras pousser plus vite*. Elle a réalisé que son malaise des dernières années venait de là : toujours aller le plus vite possible, dans un souci constant de compétitivité. Accomplir encore et encore, sans réellement se poser, alors que nous sommes partie intégrante de la Nature et avons besoin comme elle de lenteur. Si son corps n'avait pas réagi, elle pouvait continuer jusqu'à sa mort à cavaler à un tel rythme, comme si elle était poursuivie par un démon invisible et grimaçant, volant son bien-être sans qu'elle en prenne conscience.

La jeune femme qui n'était plus que tensions, angoisse, tristesse, qui se débattait dans l'espace clos de son cerveau malade, a senti s'entrouvrir l'étau. Se desserrer cette pression qui ne voulait plus la quitter, depuis l'annonce de sa tumeur cérébrale. Ce tunnel dans lequel elle avançait en tâtonnant, s'élargit et s'éclaircit enfin. Elle ne sait si la méditation lui permettra de vivre plus longtemps, mais une chose est certaine, elle vit mieux.

Anthony est ravi d'avoir montré à sa sœur cette nouvelle voie. Depuis qu'elle a appris son état, ce cancer qui se développe à l'intérieur de sa tête sans qu'elle puisse rien y faire, elle est en arrêt de travail, se calfeutre chez elle, ne sort plus que pour se rendre à ses séances à l'hôpital. Il l'aide de son mieux, la conseille. C'est qu'il l'aime sa petite sœur, il ne veut pas qu'elle se laisse aller.

Lui a découvert la méditation de pleine

conscience l'année précédente, au cours d'une semaine de retraite dans un séminaire. Son esprit curieux lui fait vivre des tas d'expériences. Et de toutes, celle-là est la plus forte. Il en voit les effets positifs sur Pauline. Rien ne peut le rendre plus heureux.

Grâce à ces moments de recentration, la jeune femme se rend compte que tout son être est en demande. En demande d'amour. Elle sent bien combien son corps boit le soleil lorsqu'elle le lui offre, combien elle renoue avec le monde en tournant son attention vers les sensations qu'elle éprouve, les sons, les odeurs qui lui parviennent.

À cause de sa maladie, elle avait fait le vide autour d'elle. Ne voulant surtout pas devenir un objet de pitié. Refusant d'entendre les mots bateaux que les autres prononcent dans une situation comme la sienne. De surprendre des *la pauvre !* dans les regards désolés que s'échangent les uns et les autres devant une situation comme la sienne. Ou pire encore : faussement compatissants et vite détournés. Elle avait peur d'une mise à l'écart, qui aurait encore ajouté de la souffrance à son quotidien déjà si difficile. Il lui fallait se rassembler sur elle-même afin de trouver la force de lutter.

À part son frère, le seul ami dont elle accepte encore la présence est Valentin. Lui est différent. Il se contente d'être là, sans poser de questions. Il n'est pas lourd du tout et il réussit même à la faire rire. Jusque-là, elle a feint de ne pas voir que l'amitié du jeune homme envers elle est davantage que cela. Elle n'a pas donné suite aux étreintes un peu trop longues, aux bises qu'il lui donne furtivement au coin des lèvres, au moment de se séparer. Des appels discrets mais réels. Des sentiments qu'elle devine sincères. Elle s'est obligée à ne pas penser à lui lorsqu'elle se retrouve seule. Elle ne veut imposer le poids de son problème à personne. S'il ne lui reste que quelques mois à vivre, elle désire ne pas gâcher une autre vie en plus de la sienne.

Peu à peu cependant, sa prise de conscience l'amène vers une nouvelle façon de voir les choses. A-t-elle le droit de refuser le bonheur ? En quelques mois, elle a encore le temps de le vivre, de le partager pleinement. Elle sait bien que Valentin ne demande que ça. Et puis, qu'est-ce qui compte vraiment ? La quantité de jours ou la qualité dans une relation?

Pauline s'observe un moment dans le miroir de l'entrée. Pour le moment, elle n'a pas encore perdu ses cheveux d'une jolie couleur cuivrée, sa peau n'est pas trop sèche et elle possède toujours une silhouette fine. Alors, qu'attend-elle ?

Elle attrape son portable et compose le

numéro de Valentin. Il décroche aussitôt.

– Pauline, c'est bien toi ? Tu ne m'appelles jamais d'habitude, tu as besoin de quelque chose ?

Elle sourit doucement et prononce dans un souffle :

– Toi.

Quelques secondes de silence, puis le jeune homme lui répond dans un murmure:

– Ne bouge pas, j'arrive.

A-t-elle inventé l'émotion qui perce dans la voix soudain enrouée ?

En attendant Valentin, Pauline a une idée. Elle va faire tatouer sur son corps le chemin parcouru depuis quelques semaines. Encrant sur la peau de son bras, entre le coude et le poignet, la phrase lumineuse de Khalil Gibran qu'elle a lue récemment et qui incarne tout à fait sa dernière découverte : *Nul ne peut atteindre l'aube sans passer par le chemin de la nuit*. Car la lumière ne peut surgir qu'après l'obscurité. Et la conscience après la traversée du tunnel.

LES MAINS D'ADELINE

Je suis accro aux mains d'Adeline. Bien sûr, il n'y a pas que moi, tous ceux qui bénéficient de son talent le deviennent forcément. Mais moi, je possède le privilège de partager sa vie. Et avec moi, elle va beaucoup plus loin qu'avec tous ceux qui fréquentent son institut de beauté.

Nous préparons la chambre au moins une heure avant. Refermant les volets, montant le chauffage et disposant d'épaisses couvertures sur le sol. Deux grandes serviettes en coton les recouvrent, prêtes à nous recevoir. Un bâton d'encens brûle doucement sur la commode. Adeline a choisi l'ylang-ylang, connu pour ses vertus aphrodisiaques.

Elle dépose dans ses paumes quelques gouttes d'une huile parfumée dont elle a le secret. Puis elle se positionne derrière moi. Ses mains bien à plat descendent lentement le long de mon dos de chaque côté de la colonne vertébrale. Elles épousent ma peau mate avec une extrême sensualité. Déjà, un frisson de désir me parcourt. Elle décontracte mes épaules avec des gestes sûrs, enveloppants. Son toucher est extraordinaire. Je sens chaque muscle se relâcher, chaque grain de mon épiderme se gorger d'huile gourmande, chaque pore se dilater. Un pur délice.

Quand vient mon tour, assis face à elle, je commence par ses épaules fines. Je répands ensuite l'huile sur ses bras, le dos de ses mains, jusqu'au bout de ses ongles toujours coupés courts, étroits et allongés.

Il y a trois ans, j'ai rencontré Adeline au cinéma. Arrivé quelques secondes avant le début du film, je m'étais assis précipitamment à côté d'une femme blonde, seule. Au beau milieu du film, elle m'a tapoté doucement le bras. Surpris, j'ai tourné la tête vers elle. Avec son autre main, elle me tendait le cornet de pop-corn géant dans lequel elle piochait avec enthousiasme quelques minutes auparavant.

– Si ça vous tente, a-t-elle murmuré, moi je n'ai plus faim.

Semblant captivée par le film d'action, elle s'y est aussitôt replongée. Je l'ai remerciée et me suis retrouvé à me gaver de maïs éclaté caramélisé. Dans la relative pénombre, j'ai pu détailler un joli profil : front dégagé, nez droit, lèvres pulpeuses, queue de cheval, mèche folle caracolant le long de la joue.

Nous sommes sortis de la salle ensemble. Après lui avoir décoché mon plus beau sourire, je m'apprêtais à traverser seul la rue tout en maudissant ma timidité, quand elle m'a retenu fermement par le bras.

– Attention ! a-t-elle crié.

Deux secondes après, déboulant devant nous, un véhicule surgissait comme un bolide.

– Mais il est dingue celui-là ! ai-je hurlé en montrant le poing.

Puis je me suis retourné vers ma sauveuse, la remerciant à nouveau, très chaleureusement cette fois.

– Venez, allons boire un verre, a-t-elle dit simplement.

Le bar se trouvait juste à côté du cinéma. Adeline avait laissé sa main posée sur mon bras et je ne l'en avais pas dissuadée. Cela me semblait un signe vraiment très prometteur. Confortablement installé devant un whisky bien frappé, je lui ai demandé comment elle avait deviné qu'un chauffard allait dévaler la rue à une telle vitesse. Elle a éclaté de rire en désignant ses yeux.

– Je n'y vois rien, mais j'entends très très bien !

C'est alors que j'ai remarqué pour la première fois l'étrange fixité de son regard gris bleu. J'étais complètement interloqué. D'une part, je n'avais rien remarqué et bien sûr, sa main sur mon bras trouvait là sa réponse. D'autre part, elle m'annonçait son handicap avec une gaieté déconcertante.

– Mais… vous allez tout de même au cinéma ? Et… vous n'avez pas de chien… ou de canne ?

Les perles de son joli rire cristallin ont à nouveau fusé dans la salle.

– À quoi bon ? Je suis aveugle de naissance. En presque trente ans de vie dans le même quartier, j'ai eu le temps de prendre quelques repères, vous ne croyez pas ? Et le cinéma, j'adore ! J'imagine les acteurs et les situations d'après ce que j'entends, mais aussi l'ambiance que je perçois dans la salle. Vous n'imaginez pas combien les gens sont bavards dans leurs silences ! Un grignotage régulier ou qui s'interrompt soudainement, une respiration calme ou saccadée, les mouvements plus ou moins nerveux sur les sièges, tout cela me renseigne sur l'atmosphère du film. Et, a-t-elle conclu en se tapotant le front, mon écran à moi, il est là-dedans !

Nous avons continué à parler une bonne partie de la soirée. J'étais fasciné par cette personnalité originale et atypique. Adeline aimait courir sur la plage, pratiquait la boxe thaïlandaise et faisait partie d'un atelier de théâtre. Mais là où elle m'a littéralement cloué, c'est lorsque je lui ai demandé si elle avait un métier.

– Bien sûr, m'a-t-elle appris avec un grand sourire, j'ai ouvert un institut de beauté !

Si elle avait pu me voir, elle aurait ri encore, devant mon air complètement stupide : un grand dadais brun aux yeux écarquillés de surprise, resté la bouche ouverte.

Très vite après notre rencontre, je lui ai demandé de m'initier à son plus bel art. Celui du massage, qu'elle pratique quotidiennement dans son institut. Ou plutôt des massages, car je ne savais pas qu'il en existait autant. Assis ou allongés, relaxants, toniques, revitalisants, énergétiques, le californien, le thaïlandais, l'ayurvédique, le balinais, le coréen, l'hawaïen, le suédois et j'en passe...

Mais elle a fait pour moi bien plus que cela. Elle m'a aidé à ressentir chaque sensation avec une attention, une acuité que je n'aurais jamais imaginées.

Parce que ma compagne est aveugle, elle a développé un toucher d'une délicatesse et d'une précision quasi magiques. Évidemment, ma technique n'égalera jamais la sienne, mais Adeline m'assure adorer le contact de mes mains sur son corps. Nous nous massons mutuellement avec une douceur, un érotisme inouï. Du cuir chevelu jusqu'aux orteils, nous

nous effleurons du bout des doigts, nous emplissons nos paumes de la chair parfumée de l'autre, nous la malaxons, la pétrissons avec amour. Le dos, le cou, les bras, les jambes, les pieds, le ventre. Et immanquablement, nous dérivons au bout d'un moment vers des zones plus intimes. La poitrine, les fesses, le sexe. Les gestes deviennent alors des caresses, de plus en plus voluptueuses. Nous prenons le temps de laisser monter le désir. Quand nous n'en pouvons plus, Adeline m'attire étroitement contre elle. Je la pénètre alors. Jouissances profondes. Complètes.

Pour tous, ma compagne représente un mystère. Un mystère doublé d'une bénédiction. Incroyablement autonome malgré sa cécité, vive, parfois insaisissable, elle tient du feu follet. Paradoxalement, elle fait preuve de sagesse, en vivant le plus à fond possible le moment présent. Peut-être à cause de son infirmité, qui lui fait appréhender l'existence autrement. Elle dévore la vie, se moquant des conventions et du qu'en-dira-t-on. Avec elle, c'est le monde à l'envers : alors que je devrais être son soutien, c'est tout le contraire. Adeline me guide sur le chemin de la joie, du plaisir, comme personne n'a su le faire avant elle. En l'espace de ces trois années, elle a transformé ma vie, balayant de ses larges sourires, de ses rires perlés, mes peurs et mes appréhensions.

Quelle ironie du destin ! Je suis peintre paysagiste. Moi qui passe mon temps à traquer la lumière afin de la retraduire fidèlement sur la toile, il fallait que je tombe amoureux d'une aveugle ! Déjà, petit, vivant dans la campagne bordelaise, j'aimais la clarté particulière qui précède l'orage. Crue. Violente. Gommant les nuances, accentuant les contrastes. Celle aussi, des courts soirs d'automne, lorsque le soleil transforme la rousseur des vignes en coulées d'or chevauchant les collines. Malgré mon jeune âge, je possédais déjà un goût puissant de la Nature, un sens aigu de la beauté, des couleurs.

Au début de ma liaison avec Adeline, je me suis beaucoup interrogé. Un questionnement essentiel. Incontournable. Comment allais-je pouvoir vivre sans partager ma passion avec elle ? Et pourrais-je moi, avoir une idée de son monde intérieur ? N'était-ce pas une relation vouée d'avance à l'échec ? Le temps m'a démontré le contraire.

Adeline a toujours vécu à Arcachon. Elle a découvert le massage à l'âge de quinze ans, en centre de thalassothérapie, en y accompagnant sa mère. Subjuguée par le contact des mains huilées glissant sur le corps, la fluidité des gestes et la relaxation profonde qu'elle avait ressentie, elle a décidé de transmettre aux autres ce bien-être. Dès ses dix-huit ans, elle a pu suivre les cours d'une école arcachonnaise réputée.

– En réalité, cela s'appelle des modelages, me reprend-elle souvent. Savais-tu que le fait de modeler la peau longuement favorise la sécrétion de molécules du plaisir ?

Et elle ajoute en riant :

– N'as-tu pas l'impression que je modèle ton corps, comme un potier travaille l'argile ? Tu es ma matière. Patiemment, je t'assouplis, je te sculpte, je te transforme. Sous mes doigts, peu à peu, tu apparais, toi qui te cachais derrière les tensions, les douleurs, le stress. Je te révèle à toi-même. C'est ça, mon travail. Mon œuvre à moi.

Ses paroles un peu folles m'amusent. Oui, je veux bien devenir sa création. Une création heureuse et détendue, désirante et désirée, quand le jeu du massage évolue en caresses érotiques, que sa main fine et blanche saisit mon sexe tendu comme la corde d'un arc.

Très vite, Adeline a proposé que nous nous massions dans le noir.

– Cela s'appelle le massage aveugle. Amusant, non ? C'est une technique qui vient du Vietnam. Il est pratiqué là-bas depuis des siècles. Tu verras, tes sensations vont d'autant mieux s'éveiller, elles seront d'autant plus intenses.

Je ne demandais qu'à expérimenter. Cela s'est avéré très concluant. Aussi, nos massages coquins se déroulent maintenant toujours dans l'obscurité. Oui, les sensations sont nouvelles, comme déployées. Je perçois de façon plus sensible les mains ensorcelantes d'Adeline. Mon lâcher-prise est plus profond. Et, sans y voir, j'imagine mieux ce qu'elle peut ressentir. C'est bouleversant.

Adeline adore l'océan. L'été, je l'amène chaque jour sur les plages, où elle passe des heures dans l'eau à sauter et plonger sous les vagues. Elle sait exactement le moment où les rouleaux se forment, celui où ils vont se briser. Elle aime aussi rester au bord, assise dans l'écume. Je suis triste quand je pense qu'elle ne pourra jamais voir les mouettes qui crient au-dessus d'elle, ni la mer incandescente en plein midi, lorsqu'elle dévore à pleines dents son sandwich. Je mesure ma chance insolente. Quand je ferme les yeux, étendu en plein soleil sur le sable, il reste encore une belle lueur orangée à l'intérieur de mes paupières. Mais mon amoureuse ne voit même pas cela. Parfois, j'essaie de lui expliquer les couleurs du monde. Alors elle me rit au nez :
– Comment veux-tu qu'elles me manquent puisque je ne les ai jamais vues ?
C'est pour moi une immense leçon

d'humilité. Adeline se contente simplement de ce qu'elle a. Et elle le transforme en joie de vivre.

L'an dernier, elle a émis le désir d'un enfant. De mon côté, j'aurais pu attendre encore. Mais je ne me suis pas senti le droit de refuser à ma compagne ce que son corps de femme réclamait si fort. Elle y avait droit, comme n'importe quelle autre. Sa cécité n'était pas héréditaire. Un beau jour de septembre, lorsque je lui ai lu le résultat positif du test de grossesse, j'ai vécu un moment exceptionnel. Bien qu'habitué à sa nature gaie, je n'avais jamais entendu son rire exploser avec une telle joie. C'était magnifique, ses traits en étaient comme illuminés de l'intérieur.

– Je sais le moment exact où nous l'avons conçu, m'a-t-elle affirmé les yeux brillants.

Je suis certain qu'elle ne se trompe pas. Adeline n'y voit pas, mais elle devine tout.

– C'était dans les dunes, fin juillet. Le soir où on revenait du Petit Nice. Souviens-toi, il y avait une telle file de voitures sur la route pour rentrer à Arcachon, que nous avons décidé d'aller en sens inverse, vers Biscarrosse. Nous nous sommes arrêtés à la plage de la Lagune.

Comment aurais-je pu ne pas m'en souvenir ? Le désir nous avait saisis tous les deux dans la voiture. Les plages se succédant le long de l'océan, j'avais garé la Clio sur le parking de la suivante.

– Tu sais que la Lagune, c'est une zone naturiste ? avait pouffé Adeline. Cela nous ira bien, non ?

Effectivement, j'avais bien l'intention de la tenir dans mes bras sans maillot de bain. Je l'ai prise par la main et nous avons gravi en courant les premières dunes. Il n'a pas été question de longs préliminaires cette fois-ci. Langues délicieusement mêlées. Vêtements presque arrachés. Les petits seins ronds d'Adeline dans mes mains. Mon sexe dressé, enfiévré, dans les siennes. Le sable était encore chaud. Si fin et si doux pour recevoir nos corps... Nous nous sommes allongés sur la serviette de bain attrapée à la hâte dans le coffre. Ma compagne sur moi, la tête sur mon torse, car je suis bien plus grand qu'elle. En me conduisant avec dextérité vers l'intérieur d'elle-même, elle poussait déjà des petits cris de plaisir. Je n'ai pas résisté moi non plus et me suis abandonné à un puissant orgasme.

Ce n'était plus l'heure où les promeneurs s'attardaient sur les hauteurs des dunes, nous étions tranquilles. Dans notre creux de sable blond, nous avons à nouveau fait l'amour, doucement cette fois, en prenant le temps de nous enivrer de l'odeur de l'autre, en nous caressant avec tendresse. Le goût iodé du sel sur la peau claire d'Adeline était un délice.

– Viens, allons nous baigner encore ! a-t-elle demandé lorsque nos corps se sont enfin désunis.

Presque seuls sur la plage, nous y sommes restés jusqu'à ce que s'allument les étoiles dans le ciel noirci. J'ai nommé les constellations à ma douce amie, qui m'écoutait ravie, emmitouflée dans la grande serviette car le vent de la mer était devenu frais.

Je croyais connaître le plus beau rôle des mains d'Adeline, lorsque grâce au massage, elles dispensent les bienfaits dont elles seules détiennent le secret. Mais je me suis trompé. Récemment, je leur ai découvert une autre fonction, encore plus fascinante à mes yeux.

Le jour du vernissage de mon exposition dans la galerie Saint-Martin, notre petite fille est née à Arcachon. Je n'ai pas assisté à l'inauguration. Il me tenait encore plus à cœur d'accompagner mon Adeline pendant son accouchement et de couper le cordon reliant le bébé à sa maman. Par contre le lendemain, j'étais présent à l'ouverture officielle. C'est un souvenir qui restera également gravé dans ma mémoire : en même temps l'aboutissement de plusieurs années de travail et mon premier jour de papa ! Mon bonheur était complet. D'autant plus que mon plaisir de peindre n'était plus entaché depuis longtemps par toutes mes interrogations vis à vis de ma compagne. J'avais compris qu'elle et moi pouvions nous aimer sans tout partager. Qu'importe si elle ne peut apprécier mes œuvres ? De mon côté, je ne suis pas fan de théâtre ni de boxe. Nous avons chacun nos espaces personnels. Et je suis persuadé que nos valeurs communes représentent un socle bien plus solide, qui nous permettra d'élever notre enfant en harmonie. De lui transmettre ce à quoi nous croyons fort tous les deux.

Dès que je l'ai pu, j'ai couru à la maternité, rejoindre mes deux amours. En entrouvrant la porte de la chambre, je me suis arrêté aussitôt sur le seuil, charmé. Adeline, très absorbée, ne m'avait pas entendu. Tenant contre elle notre petite Nina, elle lui picorait les joues avec une évidente gourmandise. Puis, elle a replié les jambes et l'a bien calée contre ses cuisses. Elle s'est mise à effleurer alors tout doucement du bout des doigts le petit visage, avec une extrême concentration. Une délicatesse infinie. Le front bombé, les paupières si fines, le nez légèrement aplati, la rondeur des joues, le joli dessin des lèvres, le menton un peu reculé. Le visage de sa fille, qu'elle ne verrait jamais, mais que grâce à la sensibilité de ses mains, elle pouvait deviner. L'émotion m'a submergé et lorsque j'ai senti le col de ma chemise devenir humide, j'ai su que je pleurais. J'ai refermé doucement la porte, les laissant toutes les deux un instant dans cette intimité.

L'APPARENCE

Elle s'appelle Angélique. Elle n'aime pas son prénom. C'est à cause de lui que les gens l'imaginent toujours douce, gentille, délicate. Ils la confondent avec ces bâtons verts qu'elle déteste et qui portent le même nom, confits, tendres et sucrés.

Bien sûr, je suis AUSSI douce et gentille, pense-t-elle. *Mais pas que. Et même bien loin de là.*

En elle, coexiste avec cette tiédeur une énergie, une force de vie exceptionnelle. Sous l'apparence couve la flamme. Vive, farouche. Indomptable.

Angélique n'a pas eu une enfance de fillette sage et d'aussi loin qu'elle se souvienne, elle n'a jamais eu peur de rien. Un jour, vers l'âge de quatre ans, elle avait tellement cassé les pieds à sa grand-mère, que celle-ci pour la punir, lui avait interdit l'accès à la maison, en la laissant dans le jardin et fermant la porte-fenêtre à clé. Eh bien, ni une ni deux, la fillette avait donné un grand coup de poing dans la vitre, la brisant en mille morceaux ! La grand-mère était complètement affolée en voyant des gouttes de sang perler sur le poignet de sa petite-fille. Interloquée aussi, en apercevant le sourire moqueur de l'enfant.

Longtemps, Angélique a souffert de ce prénom qui ne lui ressemble pas. Elle l'a porté comme un poids, un fardeau obligé. *Mon destin aurait-il été différent si mes parents m'avaient appelée Laurence ou Nathalie ?* s'est-elle souvent demandée.

Alors ne pouvant rien y changer, elle a tout fait pour ne pas l'être, angélique... Enfant terrible dont sa mère se plaignait, adolescente violente et rebelle. Incomprise. Un jour, elle a coupé sa belle chevelure blonde, l'a teinte en bleu vif. Puis elle a rejoint quelque temps la bande de punks qui traînait dans le quartier.

En réalité, son prénom a été une leçon profitable. Il lui a appris très tôt que les gens ne sont pas toujours ce qu'ils paraissent. Que l'apparence est souvent trompeuse. Alors, elle s'est mise à développer une intuition très personnelle. À dix-huit ans, elle est partie de chez elle, afin d'étudier la botanique à l'université de Rennes. Elle a eu la chance de pouvoir rencontrer et intégrer un petit groupe ésotérique de jeunes adultes, dans lequel elle a appris à mieux cerner et travailler son don fabuleux de prescience. Aujourd'hui, cette faculté est devenue extraordinaire. Elle lui permet de sentir exactement la vérité des êtres derrière leurs masques. Grâce à la formation dont elle a bénéficié, Angélique sait percer les mystères, deviner les secrets les mieux gardés. Et elle ne se trompe jamais.

À l'inverse, elle n'a pas sa pareille pour brouiller les pistes. Faire croire qu'elle est ce qu'elle n'est pas. Maintenant, à trente ans, tout le monde la croit rangée. Elle a trouvé un travail dans une société de nettoyage. Sur sa fiche de paie, on peut lire : *Agent d'entretien polyvalent.* Ce qui en vérité, représente ni plus ni moins qu'un emploi de femme de ménage. Elle nettoie les entrées, les cages d'escalier des immeubles et résidences de sa banlieue. Il n'y a pas de sot métier. Par contre, elle n'aime pas le contact avec les gens ordinaires, Angélique. Elle ne parle jamais aux personnes qui la croisent en montant ou en descendant de leur appartement. D'ailleurs, les femmes passent rapidement devant elle et les enfants l'évitent. Seuls, les regards de certains hommes sur elle, lui rappellent qu'elle est plutôt jolie. Une longue chevelure raide, mais douce et blonde comme un rideau de miel. Une silhouette fine, des yeux d'un noir profond renfermant un mystère troublant.

Angélique a deux passions dans sa vie. D'abord les plantes. Pas les vertes qui ornent parfois les balcons de ses clients, mais celles qu'elle a commencé à étudier pendant ses années d'université. Et dont certaines poussent à l'état naturel dans les terrains vagues autour de chez elle. Ou plus loin, dans la campagne où elle se rend régulièrement à vélo. Elle les connaît toutes, passe des week-ends entiers à rechercher, noter et mémoriser les vertus insoupçonnées qu'elle leur découvre encore. Elle ne comprend pas que l'on puisse absorber de la nourriture industrielle ou se soigner avec des molécules chimiques, alors que tout se trouve déjà dans la Nature. Elle se prépare des plats savoureux à base de plantes sauvages : pâtés végétaux, tartinades, beignets de fleurs, salades colorées agrémentées d'une multitude de graines germées. Elle crée aussi des tas d'autres préparations, infusions, décoctions, teintures mères. Il paraît que c'est tendance. Mais Angélique se moque des courants et des modes. Pour elle, cela va bien plus loin. Ce goût est ancré, enraciné tout au fond d'elle-même et elle ne saurait s'en passer.

Lorsqu'elle fait sécher ses récoltes, son meilleur spectateur est son chat, seul être vivant à partager sa vie. Un matou vraiment intelligent, récupéré tout bébé sur le capot d'une voiture. Avec ses yeux ronds pleins de curiosité, il l'observe en biais, tout en lustrant son pelage noir.

La seconde nourriture d'Angélique, ce sont les livres, qu'elle dévore avec grand appétit. Elle s'est constituée une véritable bibliothèque dans son minuscule appartement. Beaucoup d'ouvrages entassés en piles un peu partout. Parfois, elles servent de support à des étagères, sur lesquelles se trouvent encore de nombreux bouquins. Pour la jeune femme, la lecture est une activité nécessaire, comme l'air qu'elle respire. Sa prédilection va évidemment vers les livres de botanique, de science, mais aussi les ouvrages très anciens.

Ce soir, elle a presque terminé sa journée de labeur, lorsqu'elle aperçoit Julie, descendant l'escalier en sautillant sur un pied. C'est la fille de la dame du quatrième, à droite tout au fond du couloir. Rigolote, avec ses longues tresses rousses et ses taches de rousseur qui piquettent son visage. Très vive aussi. Curieusement, elle est l'unique personne avec qui la jeune femme de ménage communique sur son lieu de travail.

Malgré la grande différence d'âge, elle a immédiatement deviné que l'enfant se trouve sur la même longueur d'ondes qu'elle. C'est un peu étrange comme sensation. Comme deux âmes qui se connaissent depuis longtemps.

– Amstramgram, dit Julie.

— Amstramgram, lui répond Angélique. Froipiquant chaudoudou et colégrou !

Depuis plusieurs mois, elle joue avec Julie au jeu des formules. La fillette adore. Elle en a appris des centaines, sans aucune difficulté. Elle les retient immédiatement et sait les restituer. *Quelle bonne élève elle doit être à l'école*, pense la jeune femme en la regardant s'éloigner vers l'aire de jeux pour enfants. *Bientôt je lui enseignerai les plantes. Je dois absolument lui transmettre la totalité de mon savoir.*

La nuit est déjà là. Elle tombe si vite en hiver. Angélique est tout étonnée. Prise par ses réflexions, elle ne l'a pas vue venir. Avec des gestes précis, elle enlève ses gants de ménage, range le seau, la serpillière et le produit détergent dans le local prévu à cet effet.

C'est l'heure où la transformation s'opère. Celle où se révèle la part la plus authentique d'elle-même. Angélique sort et prenant garde à ce que personne ne la voie, se dirige vers un recoin non éclairé par les réverbères. Elle prend dans son sac la petite fiole qui ne la quitte pas, l'ouvre délicatement, en boit une gorgée. Puis, la tête penchée sur le côté, intensément concentrée, elle prononce la formule à mi-voix. L'encre des ténèbres colore aussitôt ses cheveux d'or, ses joues se creusent, ses yeux percent la nuit comme ceux de son chat. Ce soir est très important, car comme toutes les nuits de pleine lune, elle a rendez-vous avec les amies de sa formation dans une clairière, au cœur de la forêt de Brocéliande. Alors, elle attrape le balai appuyé contre le mur, l'enfourche et s'envole.

UNE BONNE MÈRE

Aujourd'hui, j'ai pensé que tout allait s'arrêter. Ma vie se terminait là, à la lisière d'une forêt allemande. Les soldats me tenaient en joue, attendant l'ordre de tirer.
J'ai fermé les yeux. On dit qu'à l'instant de sa mort, on voit toute son existence défiler dans sa tête. Mais pour moi, rien de tel ne s'est produit. Au bout d'une éternité, j'ai rouvert les yeux. Une minute à peine avait dû s'écouler, car les soldats n'avaient pas bougé. Leur supérieur venait à présent vers moi à grandes enjambées.

La porte claque. Deux voix joyeuses retentissent en bas, dans le hall d'entrée.
Une bonne mère aurait été heureuse d'entendre rentrer ses enfants. Je m'arrache à mon livre et soupire. Déjà ? Je viens de m'allonger sur mon lit il y a à peine cinq minutes. Je me lève sans enthousiasme, descends pesamment l'escalier de bois qui mène au rez-de-chaussée et m'avance vers

Timothée, huit ans, débraillé, pantalon sale et déchiré aux genoux et sa petite sœur Mathilde, cinq ans, boucles brunes emmêlées, traînées noires sur les joues. Je les embrasse et ils se ruent vers la cuisine.

— Maman, y' a plus de cookies ?

Timothée proteste vigoureusement. Je lève les yeux au ciel et essaie de rester calme.

— Tu les as finis hier et tu sais bien que je fais les courses le samedi. Il reste du chocolat, vous pouvez en manger avec du pain.

Mon petit garçon fronce son nez recouvert de taches de rousseur et grogne : il préfère les gâteaux. Une bonne mère aurait répondu gentiment à son fils. Sans se forcer.

Mathilde s'approche, emprisonne ma taille avec ses bras et me regarde avec ses grands yeux noirs, si tendres.

— Câlin ?

Une bonne mère aurait fondu devant sa petite fille si craquante. Elle aurait eu un vrai sourire et non ce pauvre étirement des lèvres qui ressemble plutôt à une grimace. Je respire un grand coup, soulève Mathilde et la serre contre ma poitrine. Je tente de m'intéresser à sa journée.

— C'était bien aujourd'hui, l'école ?

— Oui, sauf que Jérémy m'a tiré les cheveux et la maîtresse l'a puni. Dis maman, elle a dit qu'il fallait amener des rouleaux de papier toilette vides pour demain, la maîtresse. On en a, dis ?

Je comprends que je ne saurai pas tout de suite pourquoi les soldats n'ont pas abattu sur le champ le prisonnier en fuite de mon livre.

Il faut que je réussisse à mieux concilier ma vie professionnelle et mon rôle de maman. C'est urgent. Je dois davantage m'organiser. Il n'y a aucune raison, n'importe quelle mère courageuse y parvient. Il n'y a qu'à lire tous les témoignages dans les magazines. Voir celles qui élèvent seules leurs enfants. J'ai de la chance, ce n'est pas mon cas. Pourtant, depuis quelque temps, moi je n'y arrive plus.

Ce soir, je me suis réjouie de terminer ma journée de travail plus tôt. Dans l'entreprise d'informatique qui m'emploie, c'est plutôt rare. Je dois même souvent effectuer des heures supplémentaires et j'ai alors recours aux services de ma voisine pour garder les enfants jusqu'à mon retour. C'est une institutrice à la retraite et ils l'aiment bien. En plus, les devoirs de Timothée sont faits quand j'arrive. Ouf, une corvée de moins !

Aussi aujourd'hui, ai-je décidé de rentrer directement à la maison, faire couler de l'eau chaude dans la baignoire, verser les perles effervescentes qui libèrent doucement plein de petites bulles et commencer ce super bouquin de nouvelles que je viens de m'offrir et dont ma sœur me rebat les oreilles depuis plusieurs semaines. Lire un bon livre dans son bain avec le chant et le chatouillis des bulles, c'est le top, un pur moment de bien-être qui relaxe à la fois mon corps et mon esprit...

Mais rien ne s'est passé comme prévu. À peine la porte d'entrée refermée, le téléphone fixe a sonné. J'ai répondu. On ne sait jamais, si c'était l'école qui appelait ? Un accident ou Mathilde à nouveau malade ? Elle a une santé fragile et attrape tous les virus qui passent.

En fait, c'était ma copine Sarah. Gentille, mais tellement bavarde. Il aurait été impoli, voire vraiment méchant de couper court à la conversation, car Sarah vient de se faire plaquer par son dernier copain et elle pleurait comme une madeleine au bout du fil.

En raccrochant, j'ai jeté un coup d'œil à la pendule : le bus allait très bientôt déposer les enfants devant la maison. Le bain ne serait pas pour aujourd'hui. Je suis montée jusqu'à ma chambre, j'ai attrapé le livre posé sur la table de nuit et me suis laissée tomber lourdement sur le lit.

Aider Tim pour ses devoirs. Faire prendre la douche aux deux enfants. Préparer le repas. Une bonne mère aurait prévu un menu équilibré ; j'ai réchauffé une pizza surgelée.

Veiller à ce que les petits mangent en se tenant correctement, sans parler la bouche pleine. Débarrasser la table. Faire rapidement la vaisselle. Superviser le brossage des dents. Lire l'histoire de la *Reine des neiges* à Mathilde, admirer avec Timothée les prouesses de son héros *Spiderman*. Faire les bisous et souhaiter bonne nuit.

Je me retrouve enfin seule dans la salle de bains. Je m'assois sur le rebord de la baignoire, épuisée, évitant de me regarder dans la glace car je sais ce que j'y verrai. Une jeune femme de trente-deux ans, trop ronde, à qui on donnerait dix ans de plus que son âge. Des cheveux mi-longs filasse. Des yeux gris vert cernés. Un teint brouillé. Des lèvres sèches et gercées.

Je sais que Jean va téléphoner tout à l'heure. Il m'appelle tous les soirs vers 21 heures. Comme d'habitude, je me prépare à mentir.

Dit-on son immense fatigue à son mari, représentant en matériel agricole, qui parcourt le Grand Sud-Ouest pour nourrir sa famille ? Lui explique-t-on qu'on préfèrerait qu'il change de travail, alors qu'il a trouvé celui-ci il y a tout juste un an, après une difficile période de chômage ? Il est si content mon homme, quand il rentre le week-end et que dans la nuit, allongé tout contre moi après l'amour, il m'explique en chuchotant ses projets pour nous... Lui est courageux au moins, il ne se plaint pas ! Loin de sa famille dans la semaine, malgré les kilomètres et le boulot pas toujours facile, il reste enthousiaste, dynamique, optimiste...

Pourtant je ne peux m'empêcher de rêver à une autre vie, où il serait là plus souvent. Quitte à ne pas aller une semaine en février aux sports d'hiver, annuler le voyage aux Baléares (que Jean veut m'offrir pour nos dix ans de mariage), renoncer à la piscine (qui doit être creusée pour l'été prochain). J'essuie une larme qui coule lentement sur ma joue malgré moi. Je me traite d'égoïste. Et les enfants, alors ? Ils aiment la neige, eux, et dieu sait s'ils l'ont réclamée, cette piscine au fond du jardin, comme chez la plupart de leurs copains!

Chaque matin, je me répète ces mots, chers à ma mère : *Patience et persévérance,* ainsi que la phrase préférée de mon père, adepte de la méditation : *Garder confiance, lâcher prise et aller de l'avant.* Ils m'aident encore, mais je sens peu à peu que mes forces s'épuisent. Je sais bien que tout est impermanence dans la vie, que rien ne dure sur cette Terre, ni le malheur ni le bonheur et que mes tourments se termineront un jour. Cette réalité est également énoncée par la sagesse populaire, affirmant que le soleil revient toujours après la pluie, créant en passant les sublimes couleurs de l'arc-en-ciel. Mais cette pluie-là est glaciale et je la subis depuis trop longtemps. Parfois, j'ai envie de me blottir au fond de mon lit et de ne plus me lever.

Mon portable vibre dans la poche de mon pantalon. Juste avant de prendre l'appel, je me relève et m'aperçois dans le miroir. Je me tire la langue. Moche. Menteuse. Et en plus, je suis une mauvaise mère.

Au téléphone, j'ai du mal à reconnaître la voix de Jean. Mon dieu, que se passe-t-il ? Mon mari pleure. Je ne l'ai vu secoué par les sanglots qu'une seule fois, le jour de l'enterrement de son père. Mes jambes ne me portent plus, je m'assois à nouveau au bord de la baignoire.

Parmi reniflements et mouchages bruyants, je parviens à comprendre que Jean vient d'être convoqué au siège de son entreprise.

– Les Américains qui ont racheté la boîte… ont prévu un gros plan de licenciement… les salauds ! D'ici la fin de l'année… ils vont virer la moitié des commerciaux… et je fais partie du lot !

La détresse de Jean me fait mal. Je tente de le rassurer.

– On s'en sortira mon chéri. Ce n'est pas la première fois que tu perds ton travail. Notre amour est là, c'est l'essentiel.

Et là, tout en parlant, je sens mon cœur se libérer doucement. C'est certain, la période qui s'annonce pour nous ne sera pas facile. Mais au moins, nous l'affronterons ensemble. Jean sera là, il me secondera à la maison et auprès des enfants. Peut-être va-t-on enfin pouvoir de nouveau ressembler à une vraie famille.

TU M'AS APPORTÉ LE MONDE

Je suis le fils d'un homme bleu. Comme lui, j'ai porté le *tagelmust*, long turban de coton enroulé autour de ma tête et de mon visage, d'une intense couleur indigo qui déteint un peu sur la peau. Mais c'est le prix à payer, lorsqu'on appartient à une tribu de nomades touaregs et qu'il faut sans cesse se protéger du soleil torride et du vent sec du désert.

Comme les autres enfants du campement, j'ai gardé les dromadaires, les chèvres et les moutons de mon père. Dans les immensités arides que nous traversions, j'ai beaucoup appris. Je connaissais l'emplacement des puits, la valeur de l'eau, si rare et si vitale. Je savais écouter le silence profond des dunes, déceler les signes de vie parmi leurs lignes ondulées. Préparer le thé vert qui étanche la soif. Piler le mil et décharger les chameaux. Me guider la nuit, grâce aux repères trouvés dans un ciel foisonnant d'étoiles. Tout ceci, c'était mon univers.

Mais au coucher du soleil, lorsque les

hommes voilés se réunissaient autour du feu, je buvais leurs paroles et devinais qu'il existait d'autres trésors, bien au-delà de nos horizons flamboyants.

En traçant les lettres sur le sable, ma mère m'avait enseigné l'alphabet berbère, le *tifinagh*. Mais pas davantage. Aussi, la première fois que j'ai vu un journal, ai-je été subjugué. Il se trouvait entre les mains d'un hôte de mon père. Je me souviens que nous avions hébergé l'homme sous le *kaïma*, notre tente en poils de chèvre et de chameau. Il avait expliqué que c'était un mensuel, bilingue, rédigé à la fois dans notre langue, le *tamajaq* et dans une autre qui m'était inconnue, le français.

– Le journal *Amanar* donnera au monde une image authentique de notre peuple, avait-il annoncé fièrement.

Je revois encore, dans ses yeux d'encre noire, briller une lumière que je n'ai jamais oubliée. Chez nous, personne ne savait lire. Pour la première fois, j'étais en contact avec un Touareg possédant cette extraordinaire faculté. Intuitivement, malgré mon jeune âge, j'ai compris que ces quelques feuilles de papier recelaient un immense pouvoir. Et cela m'a ébloui.

Tu as été ma seconde chance d'approcher le monde. Toi mon ami, qui ne m'as plus quitté à partir du moment où je t'ai rencontré, à l'âge de dix ans. Toi qui m'as accompagné quand mes sandales de cuir s'enfonçaient dans le sable brûlant, quand mes pas faisaient danser la poussière sur les pistes ocres du désert. Qui étais avec moi près du troupeau et même lorsque je buvais le lait tiède de chamelle ou que je mangeais la *taguella*, cette délicieuse galette que ma mère faisait cuire sous les cendres et le sable chaud. Entre dunes et montagnes, dans mon univers minéral aux nuances dorées, grises ou crème, tu m'as toujours été fidèle.

Alafawas mon frère et Dasin ma petite sœur t'avaient également vite adopté. Mais ils respectaient le fait que tu m'appartenais, à moi Amazigh, dont le prénom signifie *Berbère* ou *homme libre.* Comme si mes parents, lorsqu'ils m'avaient nommé ainsi, avaient su qu'un jour je partirais suivre le rêve que tu m'as amené.

Ma mère, comme toutes les femmes touarègues, était très respectée. Je ne sais comment elle avait pu entendre parler de l'association *École des sables*, cet endroit fabuleux créé dans un oued au Nord d'Agadez, où des instituteurs enseignaient aux enfants nomades dans des paillotes. Voyant que tu ne me quittais pas, elle en a parlé à mon père et m'a proposé de m'y inscrire. Un dortoir avait été aménagé, dans lequel il était possible de loger avec d'autres garçons, pendant les déplacements de ma tribu pour les besoins des troupeaux. Mis à part celui où je t'ai connu, je crois que cela a été le plus beau jour de ma vie. J'allais enfin découvrir cet univers exaltant que dans mon ignorance, tu m'avais longuement fait toucher du doigt et auquel je rêvais chaque nuit.

Aujourd'hui, je suis étudiant en France, où je prépare un BTS de photographie. Grâce à toi mon ami, je deviendrai un jour reporter photographe. Je veux aussi rendre hommage à cet enfant étranger, ce frère aux cheveux d'or comme le sable du Sahara, qui l'année de mes dix ans, alors que dans un village je proposais à ses parents nos fromages de chèvre, t'a tendu vers moi en souriant dans sa main grande ouverte. Toi, mon premier livre, petit ouvrage destiné aux enfants, un peu écorné mais absolument magique. Empli de ces paysages époustouflants, ces animaux étranges et ces mots contenant le savoir, qui m'attiraient comme un moucheron fasciné par la lumière. Le jeune étranger n'imaginait sans doute pas que son geste allait changer mon destin.

ISABELLE

Je n'ai jamais pu appeler ma mère *maman*. Mon petit frère Benoît ne s'en privait pas lui, colorant le mot si tendre de toutes les émotions dont il était capable. Mais moi, je n'y arrivais pas. Pourtant, j'aimais ma mère de tout mon cœur, ça n'avait rien à voir. Un jour une copine m'avait demandé pourquoi je l'appelais par son prénom. J'avais réfléchi un moment et puis ne trouvant pas de réponse, j'avais fini par hausser les épaules :

– C'est Isabelle, un point c'est tout. Papa l'appelle bien comme ça, lui aussi !

La petite fille m'avait alors regardée avec une drôle de moue et m'avait dit que j'étais bizarre. Je crois bien que notre relation s'était arrêtée là.

Isabelle est très jolie. Petite, un visage aux traits fins, une chevelure châtain aux reflets chauds tombant en cascade jusqu'à la chute des reins, le teint clair, la peau très douce. Elle a dix ans de moins que Thibault, mon père.

Quand je suis née, jeune fille à peine femme, bouton de rose tout juste éclos, elle venait de fêter ses dix-neuf ans.

Pendant l'adolescence, toutes mes amies m'enviaient : c'est trop génial une maman jeune, dans le coup ! Contrairement à ce qu'elles vivaient toutes avec leurs mères vieillissantes, Isabelle et moi nous écoutions les mêmes CD de rock, nous aimions trembler devant les mêmes films d'horreur, nous échangions en riant nos tee-shirts et nos jeans. On nous prenait souvent pour deux sœurs. Mais lorsqu'on nous en faisait gentiment la remarque, inexplicablement, une impression indéfinissable ternissait mon bonheur.

J'aurais pu prêter attention à certains détails, certains mots, certains moments à l'ambiance plombée, mais ma confiance illimitée en mes parents me l'interdisait. Je pense notamment à ce repas chez mes grands-parents paternels, chez qui nous étions rarement invités. Le rapport très difficile que papa entretenait avec eux n'était un secret pour personne à la maison. Mes autres grands-parents, je ne les avais pas connus. Isabelle les avait perdus dans un accident quand elle était petite et n'ayant pas de famille proche, elle avait été placée dans un orphelinat.

Ce jour-là, je devais avoir cinq ou six ans.

Nous en étions au dessert et je mordais avec plaisir dans mon éclair au chocolat, lorsque ma grand-mère se mit à s'extasier sur mes cheveux dont les longues boucles rousses s'enroulaient naturellement dans mon dos en anglaises soyeuses.

– Mon dieu, dit-elle en se tournant vers ma mère, on dirait du feu ! Ah on ne peut pas dire que Lola tienne de vous !

Et un sourire que je n'avais pas aimé s'était dessiné sur ses lèvres minces. Je me souviens du regard furieux que papa lui avait lancé, du silence pesant qui avait suivi et des larmes noyant les yeux clairs d'Isabelle. Nous étions partis peu après.

Je n'avais rien compris à ce qui s'était passé, mais arrivée à la maison je m'étais mise à pleurer. Isabelle m'avait aussitôt prise dans ses bras et embrassée tendrement, pendant que papa tentait une explication :

– Dire que tu n'as qu'une grand-mère et que c'est une langue de vipère ! Il y a plein de parents qui n'ont pas la même teinte de cheveux que leurs enfants ! Regarde Benoît, il est tout blond alors que je suis brun et Isabelle châtain! Évidemment que tu tiens de la famille, c'est vraiment n'importe quoi!

Ce en quoi il ne mentait pas.

Il a fallu que j'arrive à l'âge de vingt-cinq ans pour que la vérité me saute aux yeux.

C'était un beau jour du mois de mai, chaud et lumineux comme au cœur de l'été. Un de ceux qui donnent envie de se transformer en lézard au bord de la piscine. Isabelle était d'ailleurs installée en maillot de bain sur un transat, je l'apercevais depuis la fenêtre du salon où je finissais de corriger les cahiers de mes élèves. Depuis l'année précédente, j'étais devenue professeure des écoles, comme je le souhaitais. Mon métier me plaisait beaucoup, mais je vivais en plein centre de Bordeaux où j'avais été nommée et la ville me pesait un peu. Aussi j'adorais retrouver, le week-end chez mes parents, le bonheur simple de vivre à la campagne, entourée des siens. D'autant plus que je sortais d'une rupture difficile avec mon dernier petit ami.

Alors que j'étais allée boire un verre d'eau à la cuisine, j'ai aperçu un carnet de cuir noir posé sur le buffet. Je le connaissais bien, c'était celui de ma mère. Depuis plusieurs années, elle y notait ses pensées secrètes et nous en plaisantions parfois, mon père, mon frère et moi, appelant Isabelle *notre écrivaine préférée et méconnue* et lui prédisant la gloire si elle publiait un jour ses mémoires.

Elle le rangeait habituellement dans sa chambre, où je ne me serais jamais permis d'entrer sans sa permission. Sur le coup, je n'ai pas compris pourquoi il m'attirait autant. J'étais d'ordinaire plutôt discrète et respectueuse des secrets des autres. Mais là, un élan que je ne maîtrisais pas m'a portée toute entière vers le journal intime de ma mère. Une nécessité violente. Urgente. Impérieuse. J'ai attrapé le carnet et je me suis enfuie dans ma chambre, en le serrant contre ma poitrine oppressée.

Je l'ai ouvert au hasard. Tout en tournant fébrilement les pages, en parcourant l'écriture penchée de ma mère, les mots à l'encre violette dansaient un peu devant mes yeux. Je sentais un malaise grandir en moi, ma respiration devenait saccadée. J'ai dû arrêter un moment ma lecture. Que m'arrivait-il ? Qu'est-ce que je croyais donc découvrir de si vital ? Je ne comprenais pas mon attitude excessive.

Isabelle décrivait sa vie de tous les jours, elle parlait de son travail de décoratrice qu'elle avait arrêté pour élever ses enfants et qu'elle avait repris depuis quelques années. De papa aussi bien sûr, de Benoît et de moi. De ses amis. De sa passion pour la peinture. Soudain, j'ai buté contre une phrase. J'ai dû la relire plusieurs fois avant d'en saisir le sens comme si, d'un coup, mon esprit s'était figé. Alors, j'ai compris que depuis longtemps, je les redoutais ces mots qui étaient inscrits là, sous mes yeux. Des mots impensables. Insoutenables. Qui m'ont crucifiée.

Si Lola avait été ma fille, je ne l'aurais pas aimée davantage. Une intense douleur m'a soudain foudroyée.

J'ai couru jusqu'à la piscine. Tiré Isabelle de son transat. Hurlé. Papa est arrivé tout de suite. Je criais :

– Tu n'es pas ma mère ! Tu n'es pas ma mère !

Je ne pouvais plus m'arrêter.

Mon père m'a saisi par les épaules, m'a ordonné :

– Viens !

Puis il a dit à Isabelle de nous suivre.

Nous nous sommes enfermés tous les trois dans son bureau. Il a parlé longtemps d'une voix éraillée que je ne lui connaissais pas. C'était comme le flot d'une rivière encombrée par de gros cailloux qui roulaient tout au fond. Effondrée dans l'un des fauteuils design qu'elle avait choisis pour lui, Isabelle pleurait sans bruit.

Ma vraie mère s'appelait Louise. Le jour-même de leur mariage, papa a réalisé qu'il était amoureux d'Isabelle, la très jeune sœur de la femme qu'il venait d'épouser. La jeune fille ne semblait pas non plus indifférente au charme de son beau-frère. Ils ont néanmoins tenté de refouler cette attirance, par respect pour Louise qu'ils aimaient d'une affection sincère tous les deux. Un amour impossible auquel il ne fallait pas songer. Mais par la suite, leurs regards, leurs gestes leur ont révélé combien leurs sentiments étaient forts et réciproques.

Depuis plusieurs années, Louise cachait un secret qu'elle n'avait avoué à personne : à cause de rapports sexuels non protégés pendant l'adolescence, elle était séropositive. Suivie médicalement, elle prenait ses comprimés en cachette. Avec papa, elle exigeait l'emploi du préservatif, prétextant de fréquentes mycoses et ne voulant pas lui transmettre de microbes. La dernière partie de son explication était vraie, mais le virus loin d'être anodin hélas !

Il faut croire qu'ils ne se sont pas correctement protégés une fois ou deux, car Louise s'est retrouvée enceinte. Papa a appris la séropositivité de sa femme en tombant par hasard sur les résultats d'une analyse pratiquée pendant la grossesse. Il n'était pas contaminé. Moi non plus.

On ne sait pas pourquoi le sida s'est déclenché après ma naissance. Papa et Isabelle ont pensé que Louise avait deviné les sentiments qu'ils éprouvaient l'un pour l'autre et n'en supportait pas l'idée. Peut-être aussi (papa ne l'a pas dit à ce moment-là, par peur de me culpabiliser sans doute, mais je le suppose maintenant), la grossesse l'avait-elle épuisée.

Toujours est-il que son corps ne luttait plus. Peu avant sa mort, elle a fait promettre à Isabelle de s'occuper de moi comme si j'étais sa propre fille. Elle nous a quittés alors que j'avais à peine un an.

Malgré leur chagrin, mon père et Isabelle n'ont pu résister plus longtemps à leur amour. Ils se sont installés très vite ensemble. Les parents de papa ont été choqués que leur fils se remette aussi vite en ménage. Cela ne se faisait pas ; qu'allaient dire les gens ? Et avec la sœur de la défunte en plus ! Ils n'ont pas accepté le nouveau couple et ont refusé d'assister à leur union, l'année suivante.

Isabelle n'avait pas eu besoin de se forcer pour tenir la promesse faite à Louise. Elle m'aimait comme sa fille. Quant à moi, j'étais très attachée à elle. Sa présence douce et attentive faisait partie de ma vie depuis toujours.

Peu à peu, elle s'est mise à développer une angoisse très forte.

– Si Lola apprend que je ne suis pas sa mère, elle va me rejeter, répétait-elle à papa.

Sans doute (mais ça, il ne l'a pas dit non plus) se culpabilisait-elle inconsciemment d'avoir pris la place de Louise auprès de lui. Et quand elle a été enceinte de Benoît, son anxiété a empiré.

– Lui, il va avoir une vraie maman, répétait-elle, Lola est si sensible, elle ne supportera pas d'avoir perdu la sienne.

Alors, papa a accepté de se taire. Ils m'ont élevée sans me dire qu'en réalité, Isabelle était ma tante.

Après ces pénibles aveux, papa s'est levé. Il est allé ouvrir un tiroir de son secrétaire, en a sorti une enveloppe marron qu'il m'a tendue.
– Des photos de Louise et de toi bébé, a-t-il murmuré, tu pourras les garder si tu veux.

J'ai pris la pochette de papier kraft mais je ne l'ai pas ouverte. Je suis remontée dans ma chambre, j'ai fait mon sac, j'ai dit au revoir et je suis repartie à Bordeaux. J'étais anéantie.

Les jours suivants, je me suis sentie vidée, sans force. Mon médecin m'a prescrit un arrêt de travail jusqu'à la fin de l'année scolaire. J'en voulais terriblement à papa et Isabelle de m'avoir menti et paradoxalement, je ressentais en moi une sorte de soulagement. Je savais déjà tout, au fond. Je l'avais seulement occulté, collant à ce qu'on voulait que je croie.

Avec une immense surprise, j'ai découvert ma vraie mère en photo. Et là, c'est sûr, ma grand-mère aurait pu dire que je tenais d'elle ! Des cheveux mi-longs bouclés d'un roux flamboyant, avec quelques mèches cuivrées, exactement comme moi. Des yeux foncés comme les miens, alors que le regard d'Isabelle est vert d'eau et celui de papa gris-bleu. Le même dessin des lèvres, les mêmes oreilles, petites et bien ourlées, portant de grands anneaux créoles. Sur la plupart des clichés, elle tenait un bébé aux cheveux d'or dans les bras, elle le regardait. Son sourire était triste. J'étais bouleversée. Lorsque papa avait pris ces photos, Louise avait à peu près mon âge. On aurait pu croire qu'elle était ma jumelle...

Pendant cette période, je me suis obligée à aller prendre l'air tous les après-midis au jardin public. Je marchais un peu, puis je m'asseyais sur un banc à l'ombre des arbres centenaires, pour regarder les cygnes glisser paisiblement sous les petits ponts en fer forgé. J'allais boire un verre au café de l'orangerie dont les murs en pierre blonde accrochaient si bien la lumière. J'éprouvais le besoin d'être seule, de me retrouver, de me reconstruire dans l'éclat cru de la vérité.

Aujourd'hui, quelques années après, je vois les choses tout autrement. Le temps m'a permis d'accepter les peurs d'Isabelle, la faiblesse de mon père. Mais surtout, j'attends un enfant et cela m'a beaucoup fait réfléchir. Ce sera une petite fille. Mon compagnon et moi, nous avons décidé de l'appeler Fleur. Son deuxième prénom sera Louise. Par-dessus tout, je veux que ma fille grandisse dans un terreau fertile, que ses jeunes racines prennent le meilleur, qu'elle pousse droit sans être déviée par ma propre histoire. C'est pour ça que j'ai fait un gros travail sur moi.

Et j'ai finalement compris qu'une maman, c'est celle qui se lève la nuit pour vérifier la température de son enfant malade, lui apporter à boire ; celle qui le rassure après un cauchemar en le câlinant, lui souriant, lui murmurant des paroles tendres. Celle qui le prend sur ses genoux pour feuilleter avec lui les pages d'un livre, lui lire l'histoire, en détailler les images. Qui prépare le goûter, qui soigne les genoux écorchés, qui débarbouille les joues sales, qui repasse les affaires pour que son petit soit tout beau le lendemain. Qui joue avec lui quand elle en a le temps. Celle qui écoute, qui conseille, qui se trompe parfois mais fait toujours de son mieux, de tout son cœur.

Une seule personne a tenu ce rôle auprès de moi et elle porte le prénom d'Isabelle. Le destin tragique de Louise ne le lui a malheureusement pas permis.

Le week-end prochain, papa nous a invités à aller fêter l'anniversaire d'Isabelle dans leur maison campagnarde. J'attendrai le moment où elle sera seule, sûrement dans la cuisine, où elle aime tant mijoter des petits plats pour toute la famille. Je m'approcherai d'elle, doucement, dans son dos.

Je poserai délicatement mes mains sur ses yeux. Je sais qu'elle sourira et dira :

– Lola !

Puis elle se retournera et, plantant mon regard dans le sien, je prononcerai alors les mots que j'ai préparés pour elle :

– Je t'aime... maman.

C'est le plus beau cadeau que je puisse lui faire.

VOYAGE

Elle a décidé de voyager. De quitter les chemins tout tracés des souvenirs.

Consciemment, elle ferme la porte de son quotidien pour aller vers ailleurs, le cœur un peu peureux mais poussé par l'immense désir de nouveaux paysages.

Elle veut voir le soleil se noyer sous d'autres latitudes. Sentir le souffle vif d'un air tiède et iodé sur sa peau assoiffée de caresses. Humer avec délices le parfum voluptueux de lourdes fleurs sucrées dans le soir qui tremble. Écouter les trilles d'un oiseau inconnu, rouge ou bleu, qui chante un lendemain.

Elle part pour habiller le silence de robes colorées, de rires d'enfants à la peau sombre ou ambrée, de larges sourires qui s'ouvrent. Elle ose aussi espérer la chaleur dans les yeux d'un homme et la force de ses bras. Elle en a tellement assez d'être seule. De se laisser abrutir par les programmes insipides de la télévision. D'avoir pour unique horizon le minuscule balcon de son HLM. D'être toujours à court d'argent avant la fin du mois.

Sur son vieux canapé, elle sourit à l'avenir. Oui, c'est ça, elle va écrire un roman dont elle sera l'héroïne. Un roman d'amour sur une île, en plein cœur de l'Océanie.

Remerciements :

Je remercie tous ceux qui croient en moi et m'accompagnent avec enthousiasme dans mon aventure littéraire.

Et plus spécialement :

MA FAMILLE : Laurent Desmoulin mon mari, qui m'apporte avec patience ses connaissances techniques et ses remarques judicieuses, Clément Desmoulin mon fils, Huguette et Jean Falbet mes parents, Philippe Falbet mon frère, Antony Desmoulin mon beau-fils, Valérie Lagier ma cousine, qui est aussi mon amie d'écriture. Elle a pris le temps de relire entièrement mon recueil, afin de m'aider pour la mise en pages.

MES COPAINS D'ÉCRITURE, avec qui j'échange récits et conseils : Jacqueline Vivien, Sandira Quirin, Jack-Laurent Amar, Michèle Obadia Blandin, Solange Schneider et Florence Bar.

MES AMIS, COPAINS ET LECTEURS: Laurence Vignal, Marie-Laurence Colombini, Évelyne Durbecq, Françoise Bordes, Ilde Clément, Isabelle Caron, Sophie Barcelonne, Corinne Groscolas, Jean-Baptiste et Maryse De Rossi, Bernadette Cipière, Christine Lutard, Martine Remaut, Josiane Lalanne, Évelyne Lafon, Dany Errera et Estelle Cazaurang.

Madame Catherine Foucher qui m'a incitée à m'investir dans cette voie.
Madame Ellen Sauvan-Vian, avec toute ma reconnaissance.

Contact :

N'hésitez pas à visiter mon site internet :

monaventurelitteraire.fr

Vous pouvez y déposer votre ressenti, je le lirai avec grand plaisir. Car qu'est-ce qu'un auteur sans le retour de ses lecteurs ?

MERCI d'avance !

TABLE

Chloé..9

Le parfum de Claire.........................15

Alex..21

L'étranger..29

Toc toc toc toc toc...........................35

Évasion..45

La collectionneuse..........................53

Une rencontre improbable..............61

Un lourd secret................................65

Hina et l'empereur..........................73

Le tunnel..83

Les mains d'Adeline...89

L'apparence...103

Une bonne mère..111

Tu m'as apporté le monde............................119

Isabelle...123

Voyage...135

Remerciements et contact.............................137